Solo Los Estúpidos Tienen Razón

M.G. Soyótzin

ISBN:

DEDICATORIA

A todos aquellos que han conocido la paz que viene con la ignorancia.

A todos aquellos que buscan la virtud que se encuentra en no saberlo todo.

A aquellos que, en su humildad, me han demostrado que hay una mejor manera de navegar por la vida a pesar de una mente conocedora e inquisitiva.

CONTENIDO

	Prólogo	i
1	Somos Víctimas De La Felicidad	1
2	La Mentira De La Soledad	15
3	El Fracaso	29
4	Tu No Puedes Cambiar	43
5	Tú Y Tus Diez Mil Amigos	58
6	El Secuestro de La Fe	71
7	Las Envidias Silenciosas	84
8	De Que Te Vas A Morir, Te Vas a Morir	97
9	El Espejismo De Los Sueños	110
10	Solo Los Estúpidos Tienen Razón	125

PROLOGO

Hay una infinidad inconmensurable de libros que hablan de la felicidad, incluso describen de maneras diversas su definición y ponen delante de ti el camino que has de seguir. Tristemente y a pesar de tantos consejos para encontrarla, la vasta mayoría de las personas se sienten insatisfechas, frustradas y muy distantes de esa felicidad que se postula como tierra prometida.
Me pareciera que más que querer ayudarte a lograr ese estado maravilloso, los motivos que impulsan a tanto "iluminado" tienen más una motivación económica que espiritual.

Y no me pareciera un acto vil que alguien se enriqueciera mediante ayudar a los demás a salir de su miseria, tal como el médico cobra por consultar, pero la injusticia en el cobro radica en que al final del día la gente en realidad solo termina con una infinidad de libros y sin ver cristalizadas sus expectativas de felicidad.

Mi intención al compartir mis observaciones no es el decirte cómo ser feliz, como debes de caminar y qué sendero seguir para llegar allí.

Más que eso, lo que deseo es que al meditar en esas observaciones puedas dilucidar en qué lugar estás, veas en ti a tu único maestro y decidas emprender el camino que tú mismo definirás como ruta a tu estado de paz. Ya que es la paz constante el síntoma irrefutable de la felicidad.

CAPÍTULO I
SOMOS VÍCTIMAS DE LA FELICIDAD

La felicidad es la búsqueda de aquel que no tiene nada más que hacer.

Hace muchos miles de años, la humanidad estaba muy ocupada, pues en ese entonces el alimento no se vendía en supermercados y había que chingarle todo el día corriendo tras manadas a la que habrías de cazar, así como en recolectar frutos y hierbas para complementar tu dieta. Eso sin mencionar la constante angustia de los enfrentamientos con otros grupos con los que disputabas los territorios de caza. Si vivieras en aquellos tiempos, lo último en lo que pensarías es en los aspectos filosóficos de la vida.

De hecho, aun hoy día, hay personas tan enfrascadas en su vida diaria que rara vez se detienen a pensar en el significado de la felicidad. Pareciera que de hecho son felices, pues se les mira sonriendo y con una actitud amable en todo momento. En lo personal he observado que ese tipo de personas viven en entornos sin la sofisticación urbana. Son en su mayoría gente del campo o en su defecto, de vivir en la ciudad, su actividad económica dista de ser de aquellas encumbradas. Hay otras que, siendo infelices, simplemente se han acostumbrado a la amargura silenciosa con la que viven, distraídos con el constante devenir de múltiples actividades.

Observando detenidamente, podemos entender que la felicidad no es una necesidad inherente a nuestra biología como el alimento, que debe de buscarse, obtenerse y digerirse a fin de que sigamos viviendo. Más bien, la felicidad es parte intrínseca en nuestra esencia, tal como el cerebro es parte de nuestro cuerpo. Solo que, así como nos apendejamos y no dejamos que nuestro cerebro luzca su inteligencia, a la felicidad la ahogamos y hundimos tan profundamente, que luego andamos desesperados por la vida buscándola por donde quiera, menos donde siempre ha estado: en nosotros mismos.

La humanidad no empezó con la sofisticación que ahora tenemos – obvio -, sino como grupos aislados que, como ya mencioné, se ocupaban todo el día de su supervivencia. Podemos imaginar que su actividad iniciaba con la luz del día y estaba llena de las angustias que deben de dar las incertidumbres de la vida salvaje. Hoy día, cuando sales de tu casa al trabajo, tus preocupaciones rondan desde baches en el camino hasta atascos en el tráfico. En aquellos tiempos cada inconveniencia representaba un riesgo enorme de perder la vida. Mientras tú vas escuchando música en tus trayectos, ellos tenían que estar atentos a cada sonido, pues un descuido representaba terminar como alimento de alguien más. Y mientras tus preocupaciones laborales se centran en cosas muy "importantes" como el envío del reporte o los estados financieros, en aquel tiempo la procura de alimento era toda una aventura. En fin, creo que a este punto entiendes que aquellos homínidos no tenían espacio en su mente para pensar en pendejadas y filosofar acerca del estado de las cosas.

Pudiéramos concluir que aquellas personas no pensaban en la felicidad como un estado al cual aspirar. De hecho, no se intentó definirla sino con el advenimiento de la filosofía como ocupación del pensamiento humano. En la Grecia antigua hubo algunos filósofos que de alguna manera arrojaron luz sobre qué es, pero hoy en día nadie se pone de acuerdo en su definición definitiva. En una investigación exhausta no pude encontrar a quien, como los griegos, intentara definir un concepto claro explicando precisamente que es la felicidad y estamos hablando de solo tres mil años hacia el pasado y tendríamos que considerar que la historia de la humanidad se empezó a registrar hasta hace menos de diez mil años y la humanidad misma tiene cientos de miles de años sobre la tierra.

Cuando miramos al pasado, entendemos que las personas simplemente experimentaban los sentimientos y sensaciones propias del momento y podemos estar seguros de que para ellos el simplemente sentirse contentos a causa de tener alimento y refugio, les daban esos momentos de paz a los cuales aspirar en los días subsecuentes. Su vida era un constante navegar por inquietudes y angustias, por lo que podían distinguir plenamente la diferencia de esos momentos con aquellos en los que podían estar en grata tranquilidad frente a una fogata. Aunque no tenemos una máquina del tiempo para analizar la conducta humana en el pasado, tenemos la fortuna de que en nuestros tiempos los antropólogos han podido encontrar grupos o tribus en completo aislamiento y sin haber sido nunca contactados por la "civilización". Así que al observarlos podemos entender como habrían de haber percibido la vida nuestros antepasados. Eran humanos aquellos tanto como lo somos nosotros hoy.

Cuando las sociedades se empezaron a formar, hubo la necesidad de controlar los pensamientos de los demás a fin de ejercer un dominio en sus voluntades. Los chamanes definieron las creencias que permitirían ese control a través de supersticiones y miedos. Desafortunadamente, la ingenuidad, pendejismo o simplemente el dejarse llevar hicieron posible que los individuos permitieran a estos chamanes el definir cada aspecto de la mente, esclavizando su esencia mediante la persistencia de la ignorancia. Lo podemos observar en el "Marketing" hoy día: A Través de bombardeos mediáticos te hacen creer que necesitas cosas que en realidad ni siquiera conocías antes de que las presentaran. Hoy puedes ver hogares con una infinidad de productos que fueron usados solo una vez o que simplemente nunca fueron una real necesidad. La clave para hacerte comprar está en convencerte del enorme vacío que debe de tener tu vida sin tal o cual producto. De hecho, muchas campañas de mercadeo tienen como principal herramienta el uso mañoso de la palabra "felicidad".

En las primeras sociedades los chamanes entendieron que el ser humano es un ser de expectativas y que una expectativa no cumplida genera desanimo o incluso rebeldía. De ahí que, ante el avance de unos pocos, la mayoría se rebelaba por las desventajas sociales que pudieran tener. ¿Qué hicieron? Lo mismo que hacen hoy día: convencerlos de que el contentamiento pleno no es posible en un mundo plagado de pecado y que la verdadera felicidad solo será alcanzada cuando su divinidad favorita lleve a la humanidad a un plano donde todos vivirán en armonía y con todas las necesidades cubiertas para siempre. – A mí me parecen puras mamadas, pero cada quién -.

Cuando se vive de una manera sencilla, sin las pretensiones sociales y el espejismo de un éxito, es fácil para nosotros el gestionar la vida con los alicientes básicos que contemplamos en la naturaleza: Comida, refugio, vestido, reproducirnos y tranquilidad en el orden de importancia que amerita el momento. Lo podemos observar en las personas que viven en comunidades pequeñas, donde las preocupaciones diarias tienen que ver con solo lo anterior. A menos claro que la persona empiece a ver en la acumulación de cosas y la posición social un aliciente motivador en su existencia.

Pudiéramos pensar que, en aquel pasado lejano, los chamanes observaban que los miembros de la tribu se conformaban con seguir el modelo de la naturaleza, lo cual representaba un problema para ellos: Quien poco tiene, poco tributa. Para entender eso solo basta reconocer que el diezmo como impuesto religioso es mayor en la medida del ingreso de cada individuo. Sobre esa premisa, se dieron a la tarea de desprender la felicidad de los individuos, es decir, inculcarles que la felicidad era una meta posible a través de ciertos pasos o procesos, mismos que, por supuesto, ellos mismos enseñarían. No hay registros de la palabra "felicidad" antes de los griegos y su primera manifestación como tal se dio en el latín de los romanos. Pero evidentemente sí entendían los conceptos de gozo, satisfacción, tranquilidad y paz. Los conceptos de contentamiento y realización se manejaban en civilizaciones anteriores, como la hindú y la china, pero la plenitud del concepto de "felicidad" no fue debatida sino hasta los tiempos helénicos. Hoy es fácil ver las consecuencias de ello. La felicidad es puesta como una meta constante y que para lograrla hay que mantenerse en el "programa" establecido: Hay que pasar por un sistema de educación que moldeará nuestros patrones de pensamiento y posteriormente, ingresar a las filas de los millones de contribuyentes, tanto al estado, como a los que siguen vendiendo fantasías.

Es una constante el escuchar a los padres decir: "Si estudias, trabajas y te casas, serás feliz". "Cuando tengas una casa serás feliz" y siendo como es un adoctrinamiento, una vez llegamos a la adultez, nosotros mismos perpetuamos esa cadena de metas que eventualmente completarán los requisitos para hacernos merecedores de esa tan soñada felicidad. Lo cierto es que lo único que sí disfrutamos mientras tanto, es la amargura de nuestra frustración al comprobar que aun cuando cumplamos las metas puestas delante de nosotros, esa felicidad prometida nunca nos llega. A lo más que podemos aspirar en esas circunstancias es a momentos de alegría que hacen llevadero nuestro fracaso. Hemos llegado a amar los fines de semana a causa de las dosis de "felicidad" que recibimos.

Comprender como precisamente es que funciona ese proceso de desprender la felicidad de los individuos nos dará un punto de inflexión e inicio de un camino que nosotros mismos trazaremos. Piensa: Cuando naces, son tan pocas las cosas que necesitas: Alimento, cobijo y el cuidado de adultos amorosos. En la medida que creces tus necesidades en realidad no se hacen más numerosas, pues siguen siendo las mismas. Son los adultos los que van adoctrinándote con conceptos de necesidades vanas. Estoy seguro de que aún puedes recordar tu niñez y como en aquel tiempo cualquier cosa te proporcionaba la satisfacción que daba contentamiento a tu alma. Uno pudiera andar descalzo y en harapos y eso era lo último que te importaba si el tiempo para jugar y convivir con tus amigos era abundante. Realmente era pocas las cosas que robaban nuestra felicidad y rara vez nos preocupaban las cosas que traería el futuro.

Los adultos, al ser personas que han vivido la amargura de su adoctrinamiento, sin querer queriendo, inculcan en sus hijos las mismas pendejadas que les fueron inculcadas, transformando a aquellos seres felices en personas preocupadas por cosas que el tiempo muestra inútiles. Una pregunta válida que nos pudiéramos hacer en cuanto a las personas que vivieron hace mil años o más es la siguiente: ¿Eran capaces de ser felices? La respuesta sin lugar a duda es: Sí.

No se requieren muchos argumentos para mostrar que aquellas personas no contaban con luz eléctrica, telefonía, televisión, redes sociales, trabajo con prestaciones sociales y una casa con muebles y automóvil a la puerta. Dirás que nosotros no somos como ellos, pues nuestros tiempos son diferentes y las necesidades otras. Y tienes mucha razón, pero mi argumento no dilucida la diferencia de las épocas, sino una cosa muy importante: Los humanos somos los mismos en ese entonces como hoy, la diferencia estriba en las necesidades que CREEMOS tener y que se convierten en una carga insoportable al quererlas satisfacer.

El concepto de éxito, de la realización de logros, ha impuesto una carga antinatural, pues le quita a nuestra vida el enfoque de las cosas realmente importantes. Basta ver como organizas tu presupuesto. Las personas ponen mucha atención a las apariencias y en su afán de mostrar una vida a toda madre, se endeudan y se llenan de cosas que muestran su "nivel" de vida. El refugio simple donde dormían nuestros antepasados es ahora una construcción que la gran mayoría se esfuerza sea "digna" del estatus que pretenden abanderar. Tendríamos que agregar el hecho de que la vestimenta, a diferencia de nuestros antepasados que la elaboraban en casa, es ahora adquirida con gran sacrificio, al no querer vestir nuestro cuerpo con marcas que no nos elevan por sobre aquellos infelices que apenas alcanzan a vestirse. Es tanto el deseo de restregar nuestro "éxito" que en los últimos años ha florecido exponencialmente una industria de falsificación de marcas, mismas que venden a todos aquellos que, no pudiendo comprar la "original", se conforman con llevar puesto "clones". Me parece todo ello ridículo al punto de que puedes ver a una persona con zapatos Luis Vuitton bajar del transporte colectivo.

A estas alturas ya estarás reconociendo que en la medida que fuiste creciendo, fuiste tú quien te fue arrebatando la felicidad al creerte todos los cuentos que alegremente te inculcaron. Consideremos lo siguiente: En relación con la comida, podemos preguntarnos cuánto dinero y esfuerzo realmente necesitamos para alimentar a nuestra familia. Si no tenemos el gusto de pagar en restaurantes por ella, notaremos que en realidad es un gasto que la mayoría puede hacer. Es muy fácil alimentarte si vives en el campo. La dificultad de muchos es que queremos vivir en la comodidad de la ciudad.

Los gastos adicionales en tu vida tienen que ver con cosas que, como ya vimos, no son realmente necesarias para la vida.

Basado en mi experiencia propia, estoy seguro de que en un punto en tu vida viviste sin deudas. Sin embargo, el deseo de tener las cosas que crees "merecer" te han hecho adquirir compromisos financieros que son una carga pesada después. Aún recuerdo que cuando era muy joven, pero ya trabajaba, mi ilusión era adquirir un sistema de sonido que estaba de moda. Me endeudé para adquirirlo solo para uno de tantos días llegar tarde en la noche, después de trabajar tiempo extraordinario: Me di cuenta de la gran ironía, pues ahora tenía que trabajar más duro para el pago de aquel aparato, que no lograba disfrutar por llegar cansado del trabajo. Así o más pendejo.

Los seres humanos nos hemos inventado una manera de vivir muy alejada de la naturaleza y en nuestra visión del mundo nos sentimos superiores a las demás especies, creyendo que la tecnología nos da las herramientas para lograr una vida de ensueño como la que anuncian en los medios. La realidad ha demostrado la verdad.

La tecnología solo ha contribuido a la acumulación de riquezas fabulosas de algunos cuantos y el disfrute de los adelantos tecnológicos aplicables al hogar lo disfrutan solo aquellos que tienen una situación económica bastante desahogada. Basta que visites el lado pobre de tu ciudad para que veas que el "adelanto" tecnológico generalizado es el adoctrinador principal: La televisión. Pero de todo lo demás disponible a los ricos, no verás mucho. En un enfoque global es fácil comprobar que, al sur del ecuador, la gente difícilmente disfruta de los adelantos más "básicos".

La felicidad que miramos en los actores de anuncios comerciales nos ha manipulado, al punto que es muy difícil plantar los pies en la tierra y asumir las limitaciones que el mismo sistema nos ha impuesto. Es insostenible el desear la sencillez en el estilo de vida en un ambiente donde el éxito se mide por las posesiones que tienes.

Puedes ver la mirada de infinita tristeza de aquellos que, siendo muy pobres, ven pasar a su prójimo en flamantes automóviles o que, al pasar por restaurantes de terraza, contemplan a los comensales en opíparas comidas mientras ellos solo aspiran a comer tortillas y frijoles.

Seguramente conoces gente tan noble y ubicada, que la riqueza de los demás les vale madres, y que precisamente ellos son ejemplo de vida en su contentamiento, y, por ende, se mira que son felices.

El problema también radica en otra carga adicional: Muchos se han embarcado en la búsqueda económica, preparándose académicamente y desarrollando carreras profesionales que les genere un ingreso que hará posible la obtención de todas las cosas que "necesitan" para ser felices. Entre más educación y asertividad en el trabajo, mejores oportunidades tendrán de ir mejorando su posición en la escala social. El problema de ello es que entre más se esfuercen, en el proceso irán agregando más cargas, mismas que al ser fuente de angustias, ahogarán aún más su posibilidad de ser felices.

Las preocupaciones en la vida tendrían que ser aquellas cosas realmente necesarias. Cuando cargamos nuestro sistema con preocupaciones adicionales, nuestro organismo paga el precio y por supuesto nuestra angustia se ve incrementada en la medida que nos llenamos de obligaciones innecesarias. Si miramos cada carga como una tarea a completar, no cuesta trabajo llegar a la conclusión que entre más tareas nos impongamos, más tiempo y esfuerzo nos tomará llevarlas a cabo. Hagamos un pequeño recuento: Si vives en una ciudad y eres el empleado promedio, seguramente recibes un sueldo que, aunque no es el ideal, te permite hacer un presupuesto. En ese tenor, pudiéramos decir que cada semana vas al mercado a surtir una lista de productos para alimentarte durante toda la semana siguiente. Esa es una inquietud ineludible. Otra inquietud inevitable sería el coste de la vivienda, sea rentada o sea en pagos. Ya en ese punto empiezas a sufrir, pues en la generalidad las rentas o hipotecas se llevan la mayor parte del ingreso. Seguido de eso están los servicios tales como agua y luz. En este punto tendremos que agregar un pequeño ahorro para vestido e imprevistos.

Ya a esta altura, nuestro sistema nervioso está en un sobresalto constante.

Si hemos desarrollado la disciplina de avenirnos a nuestro ingreso, tenemos un amplio margen para mantener una paz constante.

Pero nos dejamos convencer por la presión publicitaría y empezamos a adquirir compromisos financieros para darnos los "gustos" que creemos merecer y con cada compromiso, agregamos angustias y lo hacemos a tal grado, que la intranquilidad constante de tratar de cumplir nuestros compromisos satura nuestro sistema nervioso y como cereza en el pastel, andamos de un humor que nadie nos aguanta, amén de que la paciencia es la primera en correr y nos volvemos intolerantes con los niños que en lugar de gritos, debieran recibir de nosotros cuidados amorosos.

La clave estriba en cultivar contentamiento con las cosas que tenemos, y evitar caer en la trampa del deseo de cosas que no podemos pagar. Lao Tse, un filósofo chino, dijo: "Quien no es feliz con poco, tampoco lo será con mucho". La historia contemporánea está llena de gente que demuestra que mucho nunca es suficiente. Basta ver a los millonarios trabajando por más.

Lo cierto es que la gente que desea llenar sus vacíos, lo hace con lo que encuentra a la mano, sin detenerse a considerar si aquello que desea utilizar de "parche" es realmente algo bueno para ella. De ahí que nos veamos de pronto en el hoyo de las adicciones y en el más amable de los casos, en la búsqueda constante de dinero y reconocimiento.

El vacío que tenemos en esa constante vorágine de batallas perdidas se inicia desde nuestra juventud, pues el sistema se ha encargado de torcer el concepto de la felicidad, no solo al punto de hacernos creer que las posesiones materiales son necesarias para cristalizarla, sino que la felicidad misma ha sido presentada como una serie de borracheras, fiestas y actividades que de facto no son malas, pero que al ser disfrazadas de felicidad, lo que hacen en los adultos jóvenes, es motivarlos a llenar sus vacíos con la fiesta de fin de semana. Hoy es posible reconocer que la gran mayoría de personas en el hemisferio occidental no conciben una fiesta o reunión sin alcohol y a veces sin drogas. Lamentable.

Tristemente y a consecuencia de que todo es una "oportunidad", algunos a través de los siglos han desarrollado lo que ahora se llama la "ciencia" de la felicidad. Una serie de libros, maestros y reflexiones encaminadas a mostrarte el camino al Valhalla en este mundo.

No se puede negar la efectividad de la industria en este aspecto: Genera mucho dinero.

A los gurús de la felicidad la gente feliz no les proporciona ganancia.

En una serie de viajes y al convivir con todo tipo de gente, pude comprobar que hay personas que de plano no tienen cuestionamientos existenciales, que viven su vida con la sencillez de aquellos que no necesitan nada y son tan plenos que la generosidad y la hospitalidad son costumbres comunes en ellos.

Hay una historia: En una ocasión tres amigos se pusieron de acuerdo para hacerle una broma a un cuarto amigo. La broma consistía en decirle cada uno por separado y en un intervalo razonable, en el mismo día y fingiendo encontrarlo por casualidad que su aspecto no era el mejor en cuanto a salud. Y así fue.

- "Hola Fulano, ¿cómo estás?" Preguntó el primero

- "Bien, ¿y tú?" contestó Fulano

- "Bien, oye, por cierto, ¿estás enfermo? ¡Revísate!"

Se despidieron y Fulano quedó un poco intrigado por el comentario. Enseguida el segundo amigo:

- "Buenas, Fulano, ¿Qué tal?

- "Todo bien, rumbo al trabajo, ¿y tú?"

- "Bien. Oye, ¿Te encuentras bien? Tienes un aspecto que si te vieras..." agregó el segundo amigo.

Después de despedirse del segundo amigo, la inquietud que le dejo el primero se volvió de repente en angustiosa preocupación. Faltaba el tercer "amigo".

- "Buen día, Fulano, ¿Qué tienes? ¿Te sientes bien?, ¿Necesitas que te lleve a ver a algún doctor?"

Fulano cayó al piso como si hubiera sido fulminado.

Esta historia, aunque algo exagerada, no deja de ser el reflejo de una realidad: La sugestión es un arma poderosa.

Tenemos que reconocer que muchas personas son en realidad felices y que esa felicidad es espontánea, es decir, nunca fue buscada como tal, no se leyeron libros, ni se hicieron reflexiones profundas, simplemente esas gentes son así. Pero tal como a un médico le hacen falta pacientes si todo mundo está sano, a las personas interesadas en explotar las miserias existenciales les beneficia el que mucha gente se sienta perdida y "necesite" ayuda para encontrarle sentido a la vida y, por tanto, el contentamiento necesario para vivirla.

Todavía no he encontrado un dato en que sea una generalidad el que médicos enfermen a propósito a la gente para generar para sí pacientes. Pero sí puedo ver una infinidad de personas asegurando a otras que la felicidad es la tierra prometida y que son ellos los que les habrán de guiar hasta ese destino. El sesgo que tienen todos esos "iluminados" es que su guía es ambigua, y que en lugar de facilitarte el aprendizaje para que pronto no requieras sus servicios, te hacen soterrarte en una serie de aprendizajes como si de una nueva religión se tratara. Simplemente, agregan más cargas a tus ya atiborrados hombros. No es posible ser feliz, si creemos en primer lugar que no lo somos, tal como le pasó a Fulano y más si constantemente se nos recuerda la frustración de nuestros intentos por serlo. Son tantas las personas que dicen tener la clave para lograr la plenitud y en un éxtasis constante nos predican una felicidad como si de una religión se tratara. Es tiempo de rebelarnos y retomar el camino en nuestros propios términos. ¿Cómo podremos lograrlo? La manera de hacerlo solo dependerá de nuestra propia visión, de lo que la felicidad deber representar para nosotros, por lo que nadie nos podrá indicar el camino, como caminar y hacia dónde dirigirnos. Me pareciera que esas personas que insisten en predicar esa tan llamada felicidad fueran en realidad tan infelices que así mismos se han planteado un espejismo que quieren justificar presentándoselo a otros cómo la más fantástica de las realidades.

Tenemos que reconocer lo siguiente: La felicidad es subjetiva. Es decir, nadie la puede definir por ti, para que acto seguido sigas tras de ella. Esta tiene que ser plenamente comprendida por ti, en tus términos y de acuerdo con tus propias expectativas de vida. Por ello no debieras creerle a aquel que te dice que hacer para ser feliz. Recuerda que el sistema te quiere convencer de que la felicidad depende de que hagas lo que ellos quieren y compres lo que venden y nunca se detienen a ver que muchas de las veces tú ya eres feliz.

Es allí donde somos víctimas de la felicidad, pues de ser un reflejo espontáneo de nuestra biología, ha sido convertida en una obligación que hay que buscar. El ignorar la existencia de la felicidad es, en el caso de muchos, una ventaja que les permite vivir su vida con plenitud. No hablamos de aquellos que van por la vida por un gran valle de lágrimas, sino de los que encuentran en su existencia muchas razones para estar contentos y en la tranquilidad que da la paz.

Una ilustración: Supongamos que tienes una relación significativa, sea de amistad o amorosa. La relación funciona en plena armonía. La relación tiene el tiempo que da la estabilidad y tú simplemente estás feliz con tu cómplice de vida. Hasta que un día llega un acomedido y te informa que hay engaño, hipocresía o cosas ocultas en la persona objeto de tu amor. Sin importar si aquello es cierto, no puedes evitar la angustia de considerar que has sido defraudado. Si la persona que amas es muy valiosa para ti, y sin importar que la relación termine o no, es posible que hubieras preferido no haber sido informado.

Aunque la situación anterior es debatible, la esencia del ejemplo sigue vigente: Pudieras ser feliz y no estar consciente de ello, hasta que llegue alguien y te convenza de que en realidad eres infeliz. En más de una ocasión que alguien manifiesta ser feliz, siempre hay alguien diciendo: "No eres feliz, lo que pasa es que estás confundido" o "La felicidad es otra cosa".

Lo cierto es que a los que te controlan, les conviene insertar en ti la incertidumbre en todo, la duda que solo puede ser satisfecha con el adoctrinamiento que ellos mismos proveen. De ahí que veamos frases tales como: "Dios es la fuente de la felicidad" o simplemente el voraz sistema comercial, convenciéndote de que la felicidad se logra adquiriendo tal o cual producto.

Por otro lado, nuestra incapacidad de ver nuestro interior nos hace ajenos a nuestra propia esencia, de modo que ni nosotros mismos somos capaces de saber qué es lo que anhelamos, que nos llena, que nos da esa paz, esa sensación de bienestar. Y claro, al no saberlo, nuestra angustia ignorante nos hace voltear hacia los demás y tratar de arrancar de ellos un pedacito, sin saber que la gente que miramos feliz o está fingiendo por simplemente presumir esa condición o las cosas que a ellos los satisface para ti serían fuente de las más obscuras miserias. Recuerda: cada persona busca su felicidad a su modo y el modo ajeno de ninguna manera puede ser transformado en tuyo. Es el caso qué estamos ante la disyuntiva de simplemente seguir a otros en su "maravilloso" ejemplo de cómo seguir tras la felicidad o simplemente enfrentar nuestras desgracias y gestionar nuestras emociones para reconocer cuál es en realidad nuestro propio concepto de la felicidad.

A menos que seas como muchos, que buscan su felicidad a tontas y locas y sin lograrlo, simplemente terminan como la mayoría de los infelices en el mundo: tratando de ser el simple reflejo de otros.

CAPITULO II
LA MENTIRA DE LA SOLEDAD

Desde pequeños hemos estado acostumbrados a los brazos de alguien, protegiéndonos, dando apoyo y confort. Y no es porque de facto somos seres que forzosamente necesitamos la compañía de alguien cuando ya somos adultos, sino simplemente la biología de nuestra naturaleza exige que alguien cuide de nosotros cuando somos pequeños. Y no somos los únicos, pues a lo largo y ancho de la naturaleza vemos que las cosas son precisamente así con la mayoría de las especies, particularmente los mamíferos.

A medida que fuimos evolucionando, fuimos dando más atención a nuestros bebés. Tenemos que reconocer que, en las demás especies, la taza de mortandad de las crías es altísima, y la falta de una inteligencia cognitiva como la nuestra, hace imposible para las madres en esas especies el idear métodos que den más oportunidades de vida a sus cachorros. Nosotros, por otro lado, al poder observar y entender las causas de muerte en nuestros hijos, vamos gestionando su crianza con los aprendizajes derivados de esas observaciones y una vez nuestra prole tiene sus propios hijos, les transmitimos lo que sabemos, tenemos que hacer y evitar.

Si observamos de cerca a toda especie sobre la Tierra, concluiremos sin lugar a duda que el propósito de la vida en todos es la supervivencia y la continuidad, la reproducción. Toda actividad, desde los organismos unicelulares hasta la ballena azul, desde las esporas hasta las grandes secoyas, está encaminada a lograr ese propósito. Cada especie ha desarrollado sus propias estrategias para la supervivencia y persistencia sobre el planeta. Dichas estrategias no son razonadas, sino producto de mecanismos en sus genes que los han hecho transformarse para ser mejores transmisores de la vida.

Por ejemplo: Los canguros son mamíferos que han evolucionado al punto de tener una bolsa en la cual protegerán a sus crías ya nacidas de la inclemencia de los elementos. No necesitan procurar un refugio al recién nacido, ellas SON el refugio. Nosotros, por otro lado, hemos aprendido que los recién nacidos necesitan ser protegidos de los cambios de temperatura bruscos y hemos aprendido a cubrirlos al nacer.

Nosotros como especie nos hemos distanciado de las demás al comprender nuestra gran ventaja al ser ganadores de una lotería evolutiva, dando por resultado el desarrollo de una inteligencia cognitiva que nos hace capaces de observar, dilucidar, sacar conclusiones y con base en ellas ir construyendo aprendizajes.

La complejidad de esa inteligencia exige una gama de respuestas y estímulos para que pueda ser desarrollada al punto de ser funcional en el lugar de existencia. Un poco de etología: Los chimpancés poseen una capacidad limitada de inteligencia, pero esa inteligencia les ayuda a entender una serie de cosas que les permite ser parte de una sociedad. Entienden el concepto de jerarquías y son capaces de organizarse para conseguir alimento y gestionar sus conductas reproductivas. Si comparamos su comportamiento con otras especies, notaríamos que son muy superiores en inteligencia, pero al compararlos con nosotros, encontraríamos su inteligencia muy primitiva. Pudiéramos concluir que, si hubiéramos de enseñar a los chimpancés a convivir con sus pares y gestionar sus necesidades, encontraríamos que no nos tomaría mucho tiempo lograrlo.

En la generalidad de los mamíferos, la enseñanza transmitida de padres a hijos está limitada por su propia inteligencia, de modo que esas enseñanzas son muy básicas, pero importantes. Los osos polares y otros depredadores enseñan a sus crías a cazar y llegar a ser independientes totalmente.

En la medida que la inteligencia es más compleja, surge la capacidad de análisis, misma que debe de ser correspondida con una capacidad de respuesta. Si observamos a un gato, podemos ver que en ocasiones se esfuerza por entender las imágenes que mira en el televisor, pero su capacidad de respuesta no es correspondiente y al no poder sacar conclusiones de lo que ve, simplemente pierde interés y no logra derivar un aprendizaje de su observación.

Los humanos sí poseemos ambas, pues podemos analizar y responder a ese análisis. Claro está que nuestra capacidad de análisis y respuesta depende de factores como el nivel de inteligencia y los conocimientos disponibles para entender lo que miramos a nivel individual, pero esencialmente, no hay nada que pueda escapar de nuestro análisis como especie.

La inteligencia que poseemos tiene tantos mecanismos para poder funcionar, que el no estructurarlos adecuadamente no les permitirá desarrollarse al punto óptimo. De ahí que la capacidad de los padres de transmitir información es crítica y su asertividad a la hora de fortalecer esos mecanismos es vital para el sano desarrollo de sus hijos.

Estos mecanismos son los disparadores de nuestras emociones, nuestras reacciones, nuestra conducta y nuestra manera de procesar las interacciones con otros. Estos mecanismos son nutridos de tal manera que no solo somos capaces de tener una conciencia de nosotros mismos, sino que nos hace capaces de diferenciar nuestra percepción jerárquica y discriminar el trato de acuerdo con esa jerarquía. No pudiéramos tratar igual a un padre, a un hermano o a un hijo si nuestra conciencia funciona correctamente.

En tiempos prehistóricos, la complejidad de esos mecanismos no era tal como es hoy, pues las interacciones se limitaban a solo la familia o a un pequeño grupo donde las relaciones no eran tan variadas y complejas. Los niños se limitaban a simplemente obedecer y asimilar cualquier enseñanza que los adultos les transmitían. No existían todas esas mamadas de traumas psicológicos, deficiencias en conducta y tarugadas como esas, pues, aunque suene cruel, cualquier niño que no se adaptaba a aquella vida primitiva, simplemente era dejado a su suerte y moría.

La conducta es el elemento social más importante, pues con ella manifestamos nuestra esencia y el valor que damos a personas y situaciones distintas. Sin embargo, si la conducta no es modulada apropiadamente, nuestra manera de tratar con los demás será desfasada y provocará el distanciamiento de quien nos observa. Basta ver que hay personas con una personalidad tan difícil que rara vez los vemos acompañadas – sentimentalmente hablando, que aguantar un jefe enojón es otro tema -.

Nuestra mente funciona con base en etiquetas, es decir, patrones de información que dan valor a cada persona, cada cosa y cada situación. Al ir asignando ciertos valores, nuestra conducta es modulada al punto de reconocer jerarquía y consecuencia, por lo que es importante gestionar adecuadamente cada etiqueta si queremos tener éxito en nuestra negociación diaria de la vida. Si nuestra conducta o manera de negociar no es templada por una línea de emociones apropiadas al momento, la gestión de esas etiquetas será un desastre. Lo podemos ver en personas que, aunque trabajan en atención al cliente, tienen un modo muy cuestionable de tratar a la gente que debieran tratar con consideración, debido a las etiquetas establecidas.

Las sociedades han evolucionado al grado de tener un sinfín de etiquetas y procesos en las diferentes funciones que regulan sus actividades. Por ello vemos una serie de formalidades a la hora de tratar con otros. Tenemos que reconocer que la complejidad de la mente en los individuos no es la misma, pues varía dependiendo de su lugar de nacimiento, su cultura, su capacidad intelectual, los adultos que influyeron en su crianza, su educación académica y el estrato social al que pertenezca. Si la persona, aunque inteligente, se desenvuelve en un lugar donde las etiquetas sociales no son tan variadas ni tan importantes y donde las jerarquías corporativas no existen, seguramente su vida será sencilla y sin complicaciones, por lo que sortear tanta cuestión relacionada con la conducta no será un gran reto. Las personas con las que interactúa no son tan variadas, pues las etiquetas que gestionará son pocas: Padres, amigos, pareja sentimental, hijos y algunos pares con los que hará negocios, por mencionar algunos.

Pero si, por otro lado, vive en una sociedad compleja donde todas las etiquetas sociales están presentes, requerirá una habilidad superior para gestionar su interacción con otros de manera "productiva". Básicamente, entre más sofisticado te sientas, más requerimientos de etiqueta social necesitarás comprender y gestionar.

Esas etiquetas son los bloques de conducta que tienen puntos específicos de comportamiento, y en lo general no son razonados, sino que funcionan a partir de lo que se ha programado en nuestro subconsciente, ya sea por otros o por nosotros mismos. Por eso cuando interactuamos con ciertas personas o en ciertas circunstancias asumimos sin pensar un determinado rol y actitud. La efectividad de cómo gestionamos esas etiquetas depende en gran manera de nuestro estado emocional, sea una manifestación espontánea de cómo nos sentimos en ese momento o sea una deficiencia emocional que traemos desde nuestra formación como individuos.

La relación emocional con amigos y parejas sentimentales también es afectada dependiendo de quienes somos y nuestro campo de convivencia. Hace miles de años la mujer no era otra cosa que un accesorio de vida para los hombres, y sus sentimientos o capacidades no eran tomadas en cuenta. A medida que el hombre ha cedido al derecho de la mujer, se ha encontrado a un ser inteligente, capaz y con una inteligencia que exige un reconocimiento. Por lo anterior, el hombre que manifiesta una conducta afín a la esencia de la mujer es el que tiene éxito en retenerla, de igual manera, la mujer debe de manifestar temple en sus emociones a fin de ser una socia adecuada para ese hombre.

Las etiquetas que determinan la guía de conducta han ido modificándose en la medida en la que la humanidad ha evolucionado. Algunas se modifican significativamente y otras simplemente desaparecen, pero en el proceso también se van creando otras. Las estructuras sociales son las que van marcando el paso para todos los cambios en dichas etiquetas.

Nuestra percepción personal ahora es más amplia de lo que era hace miles de años, pues antes no era necesario "sobresalir" más de lo que era requerido para ganar el favor de las hembras y ser reconocido por los pares como elemento valioso para la caza, como miembro de una tribu. Ahora hemos construido un concepto del "yo" un tanto contaminado por el adoctrinamiento, dando como resultado un ego que ahora exige un reconocimiento por parte de otros. Es el caso que las amistades han se han vuelto todo un ruedo de egos, donde aquel con mejores mecanismos de conducta, tiene mayor facilidad de adquirir y conservar amigos.

Bajo el análisis de otras especies, donde al alcanzar la adultez no vemos la necesidad de compañía constante, resta preguntarnos: ¿Qué nos hace tan vulnerables a la soledad?

Es la falta de una atención plena lo que hace que desde niños sintamos que algo nos falta, que no se nos completó la medida, que nos quedaron debiendo. En generaciones recientes se ha delegado el cuidado de los hijos a causa de la transformación de la familia, de los nuevos roles que las madres tienen que desempeñar para complementar el «bienestar» de los hijos. Esto, por supuesto, ha restado la calidad en la atención y el fortalecimiento de los lazos familiares.

Los niños crecen con grandes carencias emocionales, por lo que al crecer simplemente demostrarán sus huecos mediante relaciones fallidas, amistades rotas y la gran frustración de no saber cómo manejar su vida en la independencia de la soledad.

Quiero hacer la aclaración de que estar solo y sentirse solo no es la misma cosa. Las personas hemos sido adoctrinadas con la ideología de la colectividad, es decir, que nos han hecho creer que debemos pertenecer a un grupo y como grupo tenemos un propósito común.

Es allí donde hay una gran mentira, pues nuestra esencia nos basta como propia compañía. Es la falta de apuntalamientos en el alma lo que nos hace buscar muletas para apoyar esos desbalances causados por los huecos en nuestros mecanismos emocionales. Un ejemplo de ello es precisamente esa sensación de incomodidad ante la soledad, producto de una infravaloración de nosotros mismos. Básicamente, cuando no tenemos una autoestima sana, no nos consideramos de valor suficiente para pasarla con nosotros mismos, y buscamos un distractor en la compañía de los demás.

En otras especies, podemos observar que las crías, una vez que han alcanzado cierta madurez, se espera de ellas emprendan el resto del viaje de la vida en completa solitud. Es decir, dejan atrás a sus padres, e inician la vida en solitario. Es evidente que cuando esto sucede ya han recibido el entrenamiento suficiente para procurarse el alimento, el refugio y la búsqueda de su contraparte para, llegado el momento, reproducirse.

Son en realidad pocas las especies de mamíferos, donde la parentela se mantiene junta en comparación de aquellas que emprenden el viaje en solitario. Como es natural, todas las especies llegan al punto en que forman su familia, y para ello deben de dejar el aislamiento, pues no solo tendrán que reproducirse, sino asegurar que el producto de su apareamiento tenga mayores posibilidades de sobrevivir. Algunas especies dan seguimiento de supervivencia de su prole en pareja, pero en algunas especies se observa solo a uno de los padres entrenando al cachorro, generalmente las madres. Existen otras tantas especies que crían en grupo a los pequeños.

En realidad, no pudiéramos decir que hay una forma ideal de entrenar a los vástagos, pues el hecho de que tantas especies persistan sobre la Tierra con tanta diversidad en la metodología de crianza es muestra de que todas ellas funcionan.

En el caso del humano contemporáneo, hay una gran diversidad de cómo las familias educan a sus hijos y cómo han de seguir por la vida una vez se conviertan en adultos. Por ejemplo, en algunas culturas se acostumbra que las familias permanezcan juntas por mucho tiempo, al grado que pudiéramos ver aquellas donde los hijos que no se casan permanecen en la casa familiar sin importar su edad, y ello se observa mucho en las familias de diversas culturas alrededor del mundo, donde los lazos familiares son muy fuertes y el patriarcado se ejerce hasta la tercera o cuarta generación. Es muy común ver familias reuniéndose alrededor de los abuelos, y hay casos donde dos o más generaciones viven en el mismo domicilio.

Los anglosajones tienen por costumbre criar a sus hijos hasta que alcanzan la mayoría de edad, pues en la generalidad al egresar de la educación básica e iniciar la educación superior, se espera que salgan de la casa de sus padres, vivan en la universidad y al graduarse continúen viviendo por su cuenta. Se espera de ellos visitas esporádicas a lo largo del año y tienen por costumbre reunirse en las fiestas de pascua o fin de año. No es extraño que los hijos vivan en ciudades diferentes a sus padres.

En ambos casos las costumbres, aun cuando sean tan diferentes, no son determinantes en la manera como las personas manejan sus etiquetas sociales, siempre y cuando los individuos se perciban como personas aceptadas, amadas y que lo anterior les haya permitido germinar en su subconsciente un amor por sí mismos, es decir, una buena autoestima.

No importa en que latitud del planeta estés, lo cierto es que en todos los países del mundo hay personas que están siendo tratadas con antidepresivos, personas que padecen los trastornos de la soledad. Esto es muestra en sí mismo que no importa en el lugar que nazcas, si la percepción que tienes de ti mismo es de infravaloración, no solo perderás la confianza de que encontrarás buena compañía, sino que la compañía de ti mismo te resultará insoportable. Es el caso, que el sentimiento deprimente de soledad no es sino los huecos dejados por aquellos que debieran haber cultivado en nosotros aceptación, valoración y amor por nosotros mismos. Basta ver a otras especies donde, una vez entrenados, los grandes mamíferos habrán de pasar largos periodos de su vida en total solitud, buscando la compañía de una hembra cuando instintivamente saben que habrán de reproducirse.

En una vista general de las cosas, podemos concluir que la enfermiza necesidad de alguien al lado de uno no responde a la plenitud de las personas, sino a una dependencia, misma que se manifiesta precisamente con la necesidad de tener a alguien que mitigue esa ansiedad que da el sentirse solo. Es un problema más mental que real, pues muchas personas se sienten solas a pesar de estar rodeadas de gente. La soledad es, pues, más cuestión de sentirse perdidos en la ausencia, que la realidad física que implica que absolutamente nadie esté a nuestro alcance.

La gran mentira es precisamente el normalizar esos sentimientos, presentándolos como sensaciones «naturales» cuando en realidad responden a una gran falta de atención, cuando éramos seres frágiles en formación. Cuando hacemos un recuento de las cosas que heredamos de nuestros padres y ellos de sus antepasados, encontramos que la herencia no es solo genética, sino que todas las anomalías emocionales también son pasadas de generación en generación.

Tenemos que entender que muchas de nuestras dificultades existenciales se derivan de las inseguridades que nuestros padres nos transmiten, primeramente, a través del adoctrinamiento ideológico, pues no es posible creer que, si le dices a un niño que es indigno del favor divino por una condición de pecado heredado, ello no le va a afectar en su percepción de sí mismo. Luego está la responsabilidad que ponemos sobre los hombros de aquel niño, al decirle que escoger un estilo de vida diferente al que los padres desean, es una muestra de ingratitud.

Es un hecho que muchas personas tienen hijos con el solo deseo que cuando envejezcan, haya alguien que se encargue de cuidarlos, de darles atención. De igual manera, los padres que tienen un vacío emocional muy grande dependen de la presencia constante de sus hijos para no sentirse solos. Se puede observar un chantaje constante con la finalidad de forzar la compañía, la visita de los hijos.

Las personas que no han sido amadas tal como son, difícilmente pueden amar plenamente.

El chantaje emocional que se ejerce en los hijos se inicia a temprana edad, ocasionando como calca los mismos huecos emocionales que los padres tienen. Este daño es casi imperceptible y será manifiesto cuando esos niños crezcan al punto de necesitar gestionar sus tiempos, sus emociones y su independencia.

No cuesta trabajo entender que, si un niño tiene un padre misógino o machista, lo más probable es que de adulto manifestará esos mismos rasgos en su trato con las mujeres. Del mismo modo, las inseguridades son transmitidas a los hijos y eventualmente manifestadas en una personalidad llena de inestabilidades emocionales y una muy baja autoestima.

La soledad como tal no es mala, sentirse solo, por otro lado, es un disparador de profundas depresiones. En la soledad se hacen grandes descubrimientos y encuentros significativos con uno mismo. No es posible la introspección sin la soledad y es la soledad la mejor maestra para enseñarnos el valor de nosotros mismos.

Se ha dicho muchas veces que en la soledad está el silencio que inspira una canción, un soneto y las más profundas reflexiones de vida.

¿Qué nos da tanto miedo? En realidad, las falsas fantasías impuestas por nuestros padres. No son los demonios debajo de la cama los que nos asustan, sino la idea de maldad en nosotros mismos. En la soledad manifestamos una naturaleza para otros oscura, al no tener quien atestigüe nuestros más atroces pensamientos. La realidad es que tal vez no somos esos seres horribles que nos han hecho creer mediante el adoctrinarnos y hacernos pensar que nuestros más puros y naturales deseos son pecado. Hay una infinidad de personas que, después de masturbarse, se sienten sucios e indignos de hablar con el dios que, de acuerdo con lo inculcado, ve ese acto natural como inmundo.

A veces nuestra propia ignorancia, nuestra falta de lectura, nuestro desinterés a cultivarnos hace de nosotros personas sin nada que decir, y, por tanto, nada que pensar. Tal vez si nos reconocemos hábiles en algo, veremos en la soledad la oportunidad de manifestar plenamente nuestros talentos.

Hay una verdad fundamental de la vida: Nacimos solos y solos habremos de morir.

Debemos reconocer que nadie tiene la obligación de estar acompañando nuestros momentos y el reconocerlo pudiera ser el inicio de aceptación de la afirmación arriba escrita. Es indudable que fuimos concebidos de manera individual y que al nacer todos nuestros procesos serán en la solitud de nuestra individualidad. Nuestra madre nos ayuda y nos apoya, pero seremos nosotros los responsables de aprender a caminar, a hablar y eventualmente ir por el camino del crecimiento hasta la vejez.

Cierto es que es una necesidad biológica el justificar nuestra existencia, y la mejor manera de hacerlo es tener espectadores que atestigüen la utilidad de nuestra vida, que puedan decir que nos vieron felices, que completamos metas y que nuestra vida sí tiene razón de ser. Sin embargo, nadie a fuerzas habrá de ser arrastrado a ser un simple compañero a nuestra disposición. Todos a nuestro alrededor tienen una vida propia que gestionar.

Reconociendo que nadie quisiera acompañarnos en la transición de la muerte, cualquier cosa que eso represente, nos sabemos solos en ese momento que debiéramos afrontar con la misma individualidad con la que nacimos. Entonces, si nacimos solos y solos hemos de morir, ¿por qué esa insistencia en estar acompañados en el tránsito entre una cosa y la otra? La lógica dicta que no hay razón para ello.

La compañía de alguien que ame el estar con nosotros es con mucho uno de los grandes tesoros, siempre y cuando haya una reciprocidad en el sentimiento. Si nosotros queremos estar con alguien y nuestra presencia no es apreciada, está de más decir que insistir en imponernos es el más grande de los errores.

Muchas veces, en la búsqueda de compañía que mitigue nuestra soledad, llenamos ese vacío con cualquier persona, sin importar la calidad que tenga como compañero. Hay quien pudiendo hacerlo "compra" amigos que no tienen más motivación para acompañar que el trago, la comida o los beneficios económicos que representa la persona solitaria. En otras ocasiones imponemos nuestra presencia donde simplemente se nos soporta, ya sea por lo que aportamos o porque nuestra contraparte también tiene la angustia constante de la soledad y en ocasiones somos nosotros el parche mal pegado para el hueco de algunos miserables.

Hay matrimonios que subsisten sobre la sola base del miedo a la soledad.

Hay personas que toleran todo tipo de abuso con tal de no estar solas.

Hay padres que harán todo lo posible porque sus hijos sean el accesorio que les permita sentirse acompañados.

Hay hijos que, en su incapacidad de funcionar en completa independencia, se aferran a la perpetuidad del entorno familiar.

Hay personas que, lejos de cultivar una amistad gratificante, simplemente sobreviven soportando y siendo soportados en un simple intercambio de tragos, estimulo y favores. Esto con la única finalidad de no pasar sus momentos de ocio en completa soledad.

En fin, podemos ver a infinidad de personas de todos los estratos sociales, nacionalidades y religiones, sufriendo la agonía silenciosa de sentirse solos.

Nuestra percepción de nuestra condición como seres humanos no depende de nadie, sino de nosotros mismos. Somos nosotros los que en nuestra mente minimizamos o exageramos el estado de las cosas. El desánimo y la desesperación son los peores lentes mediante los cuales ver las situaciones de la vida.

Si alguien es interesante, culto, divertido, con buen sentido del humor y sobre todo una visión positiva de la vida, es probable que no necesite de alguien para sentirse completo, pues su propia mente le dará los pensamientos con los cuales entretener su imaginación y cristalizar sus talentos.

Como seres evolucionados con el propósito de dar continuidad a la vida, no podemos evitar el llamado de la naturaleza y buscar una contra parte para reproducirnos, pero ello ha de suceder como consecuencia natural de nuestra biología. Uno pudiera preguntarse: "Si no soy capaz de quererme yo mismo, ¿Cómo espero que alguien más me quiera?" Alguien con una autoestima óptima no tiene inseguridades en cuanto a que si alguien más apreciara su valía como compañero de vida.

El sentimiento de abandono, de soledad es, según la observación personal de Yours Truly, es reflejo de la calidad en nuestra percepción de nuestro ser como ente que tiene algo valioso que aportarse a sí mismo y por ende a los demás. Si alguien se sabe valioso, reconoce que bastará que simplemente los demás lo traten para percibirlo como alguien que vale la pena mantener cerca. Pero si por otro no conoces de ti mismo las cosas que te hacen extraordinario, pues no tendrás un "producto" que exhibir orgullosamente y, por lo tanto, te sabrás pobre, insípido y sin nada interesante que aportar a aquellos que por momentos estén cerca de ti. Todos tenemos algo que aportar, la diferencia estriba en que el saberlo, el estar convencido de ello, te da la seguridad de poder estar físicamente solo, pues eres tú mismo el que ha de disfrutar todo lo que tienes para dar.

Cierto es que constantemente se nos dice que es importante estar en compañía de alguien, sea uno o sean varios, y en momentos la inseguridad que da la insistencia ajena nos empuje a estar en compañía de quien a veces simplemente nos aburre o nos hastía. Por otro lado, está también el hecho de que a veces nosotros mismos estamos en un estado de vulnerabilidad por diferentes circunstancias de la vida, como la perdida de alguien cercano, y en eso no hay vergüenza, pues todos y de vez en cuando sí necesitamos un hombro para recargar nuestros dolores, producto de la complejidad de nuestras emociones. Nuestra búsqueda de compañía está justificada.

Queda el consuelo de que, si logramos encontrar el lado interesante de nosotros mismos, podremos pasar más tiempo disfrutándonos sin la constante interrupción de alguien que en su dependencia no pueda dejarnos en sana paz.

CAPITULO III
EL FRACASO

Todos queremos tener éxito, de hecho, es la medida con la que somos evaluados por los demás.

Existe un juego de buenas intenciones que gobierna a nuestros padres y en su entendimiento de las cosas nos ponen metas que de ser alcanzadas – nos dicen – seremos personas realizadas y felices. Por otro lado, el sistema de cosas tiene su dosis de enseñanzas que nos darán la perspectiva de vida que a ellos convenga. Por lo tanto, el perseguir las metas que se nos trazan y completarlas nos asegurarán según ellos el éxito. Es aquí donde tenemos que poner en orden las ideas revueltas que eso representa. Primeramente, diremos que el éxito que se nos enseña es un concepto que ha sido construido tal como el concepto de la belleza, por lo tanto, es subjetivo y la relevancia que tenga dependerá de la persona que lo procese en su mente.

El éxito como tal es un concepto natural en todas las especies, pues es justamente el llevar a buen término una meta, un propósito o una actividad. Desde los microbios hasta los grandes mamíferos, todos tenemos actividades encaminadas a la supervivencia y propagación. El simple hecho de reproducirse es el éxito primordial. Los procesos para la supervivencia y llevar a cabo ese propósito primordial son tareas que deben completarse a fin de que continuemos viviendo y reproduciéndonos. Así es que cuando completamos una tarea con el resultado esperado podemos afirmar que hemos tenido ÉXITO, pero si por alguna razón no la llevamos a término se dirá con certeza que hemos fracasado.

Los humanos, a diferencia de las demás especies, hemos desarrollado una serie de patrones de comportamiento que nos permiten gestionar nuestras emociones de una manera más razonada. Sin embargo, nuestras respuestas emocionales son disparadas por mecanismos inconscientes. Por ello ciertas cosas, palabras o circunstancias provocan en nosotros emociones que no podemos evitar como el caso de la ira o el enojo, y que pueden ser controladas una vez nos entrenamos para ello. De igual manera, los estímulos positivos se generan en nuestro subconsciente, de allí también que las sensaciones de gozo y satisfacción se disparen cuando logramos completar una tarea de gran dificultad. La diferencia entre la ira y el gozo estriba en que la primera nos causa malestar y por las consecuencias que a veces genera, debemos aprender a controlarla o reprimirla, mientras que la segunda es una emoción que nos da una sensación que deseamos perpetuar y repetir.

Ningún organismo vivo emprenderá una actividad si no hay una razón para ello, pues cada tarea que se inicia debe tener un propósito, pero más que ese propósito en sí debe de haber un "premio" que motive el deseo de completar una tarea a pesar de las dificultades. Evidentemente entre más dificultades represente la tarea, mayor el premio que se espera. Por ello es por lo que una vez completada una tarea con éxito, nuestro cerebro libera dopamina y hay una sensación casi eufórica cuando percibimos que nuestro logro es extraordinario. Claro que no produce el mismo nivel de gozo el terminar de lavar los platos como el hacer funcionar un automóvil que se negaba a arrancar. Todos los seres vivos han evolucionado al punto de que reconocemos que tenemos como principal propósito el reproducirnos, además de que nuestros genes han desarrollado mecanismos en los que nos premia por ir completando las tareas para nosotros mismos mantenernos vivos y tener como premio mayor el tener prole.

Una vez dilucidado lo anterior, nos corresponde establecer que hay objetivos naturales, necesarios e inevitables si hemos de cumplir nuestro propósito. El adoctrinamiento nos ha hecho construir una serie de necesidades y propósitos que la naturaleza no reconoce en ninguna otra especie. Vamos creciendo con una visión torcida de cuál es nuestro propósito en la vida y junto con nosotros, nuestros pares, nuestros amigos y compañeros de trabajo, desarrollamos un espejismo al cual aspirar, por lo que la presión de unos con otros hace de nuestra vida un constante afán de hacer realidad esa fantasía.

Es evidente que, a este punto, ya hemos trasformado la palabra "éxito" de ser un distintivo a la culminación de una tarea, a ser todo un concepto que engloba una serie de logros y situaciones que en lugar de hacernos amable el tránsito por la vida, la vuelve un camino lleno de frustraciones y desánimo.

Nosotros inconscientemente vamos tratando de socializar en lo posible con personas que a nuestro criterio han alcanzado ciertos logros, que nosotros vemos aún lejanos, pero que admiramos en los que ya los poseen. De igual modo somos víctimas de otros que nos hacen a un lado al considerar que no estamos al nivel que ellos tienen o aspiran tener.

La realidad muestra que el conseguir un título universitario, casarse, comprar una casa, tener hijos y tener determinado estilo de vida no son para nada factores que aseguran nuestra felicidad. Pero todo y todos parecen estar en desacuerdo con lo anterior, pues somos constantemente bombardeados con conceptos de logro y felicidad muy distantes de la realidad, pero que sirven como combustible a nuestros deseos, logrando solo ser parte del engranaje del consumismo. Esto es tal grado que las cosas que debieran de potenciar nuestra felicidad terminan siendo la causa principal de nuestra desdicha. Así que tenemos contratistas no pagados encargados de difundir doctrinas e ideas de lo que debiera ser para nosotros el éxito.

En medio de tanta presión mediática y de aquellos con los que convivimos, vamos construyendo en nuestra mente y de manera inconsciente, un camino que se dirige a la cristalización de aquello que creemos es nuestra meta ideal, pero nos olvidamos de hacer caso a nuestros instintos y a las advertencias de nuestros sentidos. Es el caso que vamos por la vida, no tan convencidos de que lo que estamos haciendo nos está llevando a algún lado. Se puede apreciar en los campus de universidades de todo el mundo, como hay muchos jóvenes que cursan una carrera sin siquiera estar seguros de que eso es lo que han de ejercer una vez se gradúen. De hecho, hay muchos que deciden cambiar de especialidad a mitad de curso. Y no mencionamos a los millones de egresados que terminan como taqueros, taxistas, técnicos o simplemente en una actividad económica que dista mucho de aquello en lo que orgullosamente se licenciaron.

La sociedad en general propone la idea de que una persona feliz es la que ha logrado cierto estatus, nivel económico o prestigio. Se inicia este proceso de doctrina del éxito desde que iniciamos nuestra educación académica. En ella se nos insiste en la importancia de definirnos en función a un cúmulo de conocimientos y de bienes materiales, y nos inculca que para tener recursos hay que tener un título universitario, y una vez teniendo recursos, podremos tener todo lo que deseemos, desde autos, casas, viajes y todo lo que el dinero puede comprar. Lo anterior no sería tan descabellado si el nivel de logro no fuera demasiado alto para ser alcanzado, amén de estar en los parámetros de belleza de los patrocinadores.

Es importante hacer notar que las necesidades humanas básicas no son tan difíciles de satisfacer si somos personas ordenadas, disciplinadas y con una aptitud definida, es decir, un oficio o especialización. La dificultad de satisfacer nuestras necesidades no estriba en cuáles sean en realidad, sino en las que nosotros creemos tener. Esta creencia no nace de la nada, sino de que son otros los que nos ilustran y nos convencen de qué necesidades son las que tenemos. Por poner un ejemplo: Cuando somos niños, nuestras necesidades no eran muchas. Pero en la medida que vamos creciendo nuestras necesidades se hacen más numerosas dependiendo de nuestras pretensiones inculcadas. Una niña solo requiere alimento, abrigo, techo, instrucción para la vida y por supuesto amor de adultos que le cuidan, en el orden de importancia que el momento amerite, y por supuesto de manera general. Viajando a un sinnúmero de países, pudieras observar que no importa la economía familiar, esas cosas son por lo general provistas - Hay países donde las necesidades básicas no pueden ser cubiertas por la situación política o la extrema pobreza -. Pero sucede que la niña crece y entonces quiere ponerse maquillaje, usar rímel, pintarse el pelo, usar vestidos, ajustadores y por supuesto tacones. Esa niña de inicio no hará distingos con la clase de accesorios que utilizará, pero una vez observe que en el maquillaje y accesorios hay niveles, hará todo lo posible por obtener los de mejor calidad y por supuesto de las marcas que entre sus pares sean famosas y den estatus.

Es el caso que posteriormente esa niña deseará un empleo que le permita adquirir otras tantas cosas "necesarias" para la vida que ella ha diseñado en su mente, pero que desafortunadamente solo podrá completar en cierta medida y hasta que la realidad se interponga como un muro contra el cual ha de estrellarse.

Muchos jóvenes varones sueñan con el día en el que habrán de independizarse del hogar familiar y emprender la vida del soltero empoderado. Ya desde niños se les decía que de "grandes" habrían de tener la oportunidad de viajar y cumplir sus sueños si daban los pasos que se les señalaban. Así que se dan a la tarea de ir completando los niveles como si de videojuego se tratara. Nivel uno: preescolar, "¡ding!". Nivel dos: primaria, "¡ding, ding!" Nivel tres: secundaria, "¡ding, ding, ding!" ya a este nivel el joven empieza a sospechar que hay gato encerrado y que con los "ding" ganados no ha adquirido los "premios" que visualizaba en ese nivel, por lo que algunos, si no es que la gran mayoría, se rebelan y en algunos casos renuncian al "programa" e inician una búsqueda por su cuenta. Podemos observar cómo hay millones de jóvenes que aun sin cumplir la mayoría de edad se integran a diferentes labores manuales y de servitud, pero al menos, sienten ellos, tienen una recompensa más inmediata a manera de dinero.

Los jóvenes que continúan con sus estudios hasta concluirlos se encuentran ante la realidad del mercado laboral. El problema no radica en la existencia de posiciones de trabajo, sino en la abundancia de aspirantes, y en la variedad y disparidad de habilidades o talentos. La competencia por colocarse es mucha y desafortunadamente la mayoría de los graduados no son *summa cum laude*, es decir, graduados con honores. Así que otro tropezón en el camino al llamado éxito.

Si nos adentráramos al mar de dificultades que una persona tiene que sortear para lograr una medida de éxito, nos perderíamos de tantas que son. La posibilidad de que un joven promedio de estrato humilde logre destacar al punto de ser una referencia del éxito según los medios, es imposible.

Nosotros por nuestra parte, nos hemos creído que la única meta significativa es precisamente tener éxito, tu anhelo al éxito es el grillete que te ata a la esclavitud a la que tú mismo te vendiste.

Objetivamente pudiéramos decir que las metas en la vida han sido infladas de manera artificial por aquellos que se benefician que andes a ciegas buscando tu "felicidad":

- Primeramente, los que tienen la enseñanza o definición del "éxito" y como alcanzarlo.

- En segundo lugar, tenemos a aquellos que "saben" cuáles son tus necesidades y que tienen los productos para satisfacerlas.

- En tercer lugar, tenemos a aquellos que han sido iluminados con una "verdad" fundamental de que es la felicidad y que hay que hacer para alcanzarla.

Esta exageración puesta delante de nosotros tiene un efecto que no podemos evitar, y después de haber sido indoctrinados por nuestros padres, la escuela y los medios de comunicación, continuamos nosotros mismos alimentando esos conceptos con nuestras aspiraciones y ponemos manos a la obra dando los pasos necesarios para ir completando los niveles que siguen después de haber concluido nuestros estudios, sean básicos o superiores.

Las campañas publicitarias nunca promueven un producto utilizando gente pobre y ordinaria que muestren una gran sonrisa de felicidad. Siempre emplean gente «bonita» y de un estrato social alto, sin mencionar que, en nuestros pueblos mestizos, son los actores de apariencia europea los que llenan la pantalla y los espectaculares.

En fin, es una cruzada constante en la que se nos inculca que la persona sin una buena medida de éxito es mediocre y sin trascendencia alguna. Lo triste es que creemos lo que nos dicen y vamos en busca de ese éxito que otros han definido como tal, olvidando cosas más importantes en el camino. Como los valores que realmente contribuyen a nuestra felicidad.

Mi propuesta es la siguiente: Aceptar que el éxito – de acuerdo con otros – es inalcanzable y que el fracaso es en todo caso nuestro mejor aliado en nuestro bienestar espiritual. Por lo que tendríamos que amarlo, aceptarlo e incluirlo en nuestro diario andar por la vida. Esto obviamente nos quitaría de encima la frustración diaria de estarlo correteando por acá y por allá, cansando el alma y amargándonos la vida por no obtenerlo en la medida y tiempo que otros han establecido.

Pienso que debe de llegar un momento en el que se nos ilumine la vida y entendamos que a quien realmente corresponde definir el éxito es a nosotros mismos. Al final del día los demás se van a sus casas, y nosotros quedamos ahí, lidiando con los sentimientos, pensamientos y balance de nuestro día. Así que en ese momento los estándares ajenos ya no importan. Si no hicimos lo que en realidad deseamos, lo que realmente da significado a nuestra vida sobre la base de nuestras propias necesidades y anhelos, de nada sirve que hayamos hecho lo que otros nos dijeron que debíamos de hacer.

Una nota aparte: No importa a donde queramos dirigirnos o que destino soñado deseemos perseguir, lo cierto es que el primer paso para emprender el viaje es tener conciencia plena de donde nos encontramos. Si habremos de usar un mapa, primero tenemos que ubicar nuestra presencia en ese mapa, y acto seguido el destino al que habríamos de ir. No suficiente con ello, es de vital importancia identificar la dirección a la cual dirigirnos, es decir, saber a cuál punto cardinal dirigirnos y por supuesto para ello saber dónde está el Norte. Hay personas que viajando buscan llegar a cierta atracción turística o restaurant, parque, colonia u hotel y al no saber dónde están preguntan a alguien por direcciones solo para escuchar: "ya llegaron, aquí es". En la gran mayoría de las ocasiones nosotros nos encontramos donde debiéramos estar, pero simplemente no lo sabemos.

Para efecto de entenderlo mejor, tenemos que recurrir al ejemplo de las etiquetas, mecanismo que nos permite dar valor a las personas, cosas y circunstancias. Nuestra manera de asignar esas etiquetas está condicionada a los valores que vamos aprendiendo desde pequeños y si nuestro ser no es nutrido adecuadamente, nuestras respuestas emocionales ocasionarán que escribamos esas etiquetas de manera tergiversada. Pongo un ejemplo: Los niños necesitan entender que la manera de comportarse tiene límites, y quienes sepan respetar esos límites tendrán menos dificultades a la hora de interactuar con otros. Pero si una madre no enseña esos límites desde tierna edad, el niño desarrollará etiquetas mal escritas, pues al no dar el valor adecuado a otros, terminará siendo de esos niños que manifiestan sus frustraciones tirándose al piso, pataleando e incluso abofeteando a su propia madre. ¿Por qué ese niño no hace lo mismo con un extraño? Porque la etiqueta que le ha asignado le hace intuir que ese extraño sí le partirá la madre si se pone a cachetearlo. De ahí que las madres pendejas le anden diciendo a los chamacos malcriados: "Si no te portas bien, el señor te va a regañar" - refiriéndose a cualquier extraño-.

Nuestra manera de ir escribiendo dichas etiquetas nos hará dar valor apropiado a todo lo que nos rodea de una manera realista si nuestras emociones están en su lugar, pero si por el contrario tenemos muchos huecos, dicho valor se lo asignaremos a cosas que no lo tiene tanto o de plano no valen nada. Sin embargo, al haberles dado un valor, las perseguimos y una vez alcanzadas nos aferramos a ellas. El problema radica como ya se ha explicado, que terminamos amando un montón de basura que en realidad no necesitábamos en primer lugar.

Tener claro el valor REAL de las cosas es clave para saber dónde ponerlas en nuestra vida. Recordemos que una cosa es la inteligencia consciente que gestiona la lógica de las cosas y por otro lado el inconsciente, que tiene más poder al alimentarse de la energía de nuestras emociones. El simple análisis de lo que pensamos contra lo que hacemos demuestra lo anterior.

Si nosotros hiciéramos una encuesta, encontraríamos que la lógica de la gente apunta el hecho de que la salud es el tesoro que más se ha de cuidar, pero al observar las costumbres o conductas de las personas nos hace ver que en su mayoría va en otra dirección, con adicciones como el cigarro. Hay un consenso general de que un compañero de vida debiera ser aquel con cualidades y valores superiores, tales como la lealtad, la honestidad, la empatía y el respeto por mencionar algunas, pero la gran mayoría de los hombres persigue a quien tenga unas hermosas nalgas y pechos sin importar personalidad y valores. Las mujeres por su parte caen bajo los encantos de algún mal encachado, mal hablado pero atractivo sin importarles si se les respeta o no. Hay infinidad de casos en los que ambos sexos sufren las angustias constantes de relaciones tóxicas por haber puesto atención más en la apariencia que en la esencia.

El punto por establecer es el siguiente: Sin importar lo que la lógica dicte cuando expresamos nuestros puntos de vista, son las etiquetas en nuestro subconsciente lo que al final determinará la calidad de nuestras elecciones. Por lo anterior, pudiéramos afirmar que el primer paso hacia nuestro verdadero éxito es tener plena conciencia de qué es lo que está escrito en nuestras etiquetas, para poder hacer ajustes y ponerlas en su lugar.

Para ello, es necesario que desaprendamos toda la propaganda y espejismo del susodicho éxito y empecemos a definir por nosotros mismos lo que en realidad queremos para nuestra vida. Hay que recordar que el éxito es como la belleza: subjetivo, por lo que corresponde a quien lo observa y vive el determinarlo.

Al igual que con la felicidad, el éxito ha sido manipulado para ser presentado como la mejor de las metas a perseguir. Lo interesante es que después de un análisis de tus circunstancias, pudieras descubrir que como en el caso del que pregunta donde está tal lugar, resulta que tú ya estás allí, que llegaste y no te has dado cuenta. El caso es que cuando ya llegaste, todos los que viven de transportarte ya no te tendrán como cliente, ya no pagarás pasajes, peajes, gasolina y la comida del viaje. Básicamente les conviene que andes viajando de aquí para allá y que nunca llegues a tu destino. Es por ello por lo que verás personas que alcanzaron metas con las que tú dices que estarías satisfecho, pero que para ellos aún queda la desesperante lucha de cumplir otras muchas más.

Una persona que entiende que su éxito es simplemente vivir, dar a su prole el alimento y refugio necesarios y disfrutar el cumplimiento de su propósito, deja de ser un individuo controlable, pues tiene lo que necesita. Ya no vive en la angustia de correr a destinos desconocidos pasando por alto las cosas que sí le proporcionarían felicidad de tomarlas en cuenta. Es bien sabido que las personas que buscan el éxito que les proponen tienen muy poco tiempo para siquiera disfrutar de su familia.

Una experiencia de vida: Hubo un tiempo en el que mis circunstancias me permitían debido a mi trabajo, a que mis comidas de medio día fueran en restaurantes lujosos, desde cortes argentinos hasta cocina francesa y de estrellas Michelín. Ciertamente el costo de esos lugares en ocasiones era tan alto que un solo platillo pudiera ser el costo de la despensa básica de una familia por una semana. Sin embargo, el propósito era agasajar clientes y como formalismo de negocios simplemente era parte de mis actividades. Tuve así mismo la oportunidad de disfrutar de ricas comidas en mercaditos municipales, puestos de tacos, o sentado junto a un fogón, comer ricos platos de guisado acompañado de tortillas de maíz recién hechas.

Debo de decir con toda claridad que los momentos más significativos, más gratificantes, fueron en la sencillez del lugar, pero con el inconmensurable placer y enriquecimiento de la compañía. Indudablemente creer que un lugar por el solo hecho de ser caro te dará buenos momentos, es prueba irrefutable de que tus etiquetas están mal escritas. Has sido como millones de personas, influenciado por el adoctrinamiento del éxito.

El éxito es como esa religión que insiste en ser predicada para poder subsistir mediante nuevos adeptos, mismos que contribuirán con cuotas, diezmos, donaciones o como que se llame ese constante exprimir a los devotos. Quien se beneficia de que te creas ese cuento, son primeramente la gente que te explota, pues pones toda tu energía en el trabajo a fin de conseguir un mejor sueldo una vez se reconozca tu "valía". Se beneficia también el que recibe impuestos fiscales, pues en la medida que tu ingreso se incrementa, mayor es tu contribución. Y el tercer beneficiario directo de esa doctrina es por supuesto el que descaradamente te exprime lo poco que te dejan los dos anteriores: El sistema comercial encaminado al consumismo.

Si tu observas, todo aquel que es adepto a una religión, siente una constante necesidad de predicarla. Si preguntaras a esas personas que les motiva, tendrás una infinidad de respuestas, pero entre ellas habrá aquellas que afirmen que el "espíritu santo" o simplemente dirán que el amor al prójimo las motiva. La realidad está en nuestra biología. Los humanos escogemos un estilo de vida, una manera de pensar y de actuar, y la mejor manera de justificarla es la aprobación de los demás. Es un mecanismo de supervivencia pues da certeza a lo que hacemos, aun cuando lo que estamos haciendo vaya contra la lógica de la naturaleza. Describo lo anterior pues ese mecanismo no es único de los seguidores de alguna religión, sino de todos los seres humanos que han escogido un estilo de vida que en el fondo sabes es cuestionable una vez es medido con los procesos de la naturaleza, la ciencia y la lógica.

La sociedad en general ha creado un sistema en el que la justificación en la existencia de alguien es el grado de éxito que ha logrado. De ahí que se haya acuñado la frase: "Dime cuanto tienes y te diré cuánto vales". En esa constante lucha de perseguir el éxito, miles de personas han hecho todo tipo de cosas para poder acumular posesiones. Muchas de las cosas que han hecho son muy cuestionables a la luz de la ética más fundamental. Un vendedor, por ejemplo, tiene como objetivo convencer a alguien más que el producto que promociona es lo mejor que alguien pudiera comprar. La realidad es que al vendedor no le importa tener pruebas específicas de lo que dice, sino lo que interesa es que el que le escuche, crea que eso que vende es lo mejor y que lo necesita. Es bien sabido que mucha gente se atreve a engañar descaradamente a otros con la única finalidad de sacarles dinero.

Así, las personas van acumulando bienes y por lo tanto van mostrando para sí y los demás que están alcanzando metas, que sus habilidades son especiales y que finalmente son un ejemplo del éxito. No existe nadie que yo conozca, que no se esfuerce por mostrar a los demás que su vida está a toda madre, o al menos que es mejor que aquellos de los que se rodean. De ahí el dicho que reza:

"Todos te quieren bien, pero no mejor que ellos"

La constante prédica es precisamente el restregar a otros un estilo de vida inflado, pero definitivamente una declaratoria de éxito alcanzado aun cuando las personas se encuentren en la angustia total de compromisos financieros para darse el gusto de verse exitosos. Es muy común el que el tema de conversación general tenga que ver siempre con dinero, con trabajo y con las metas que deben de alcanzar las gentes en cierto punto de la vida.

Muchas personas se toman la libertad de juzgar tus logros, y se dan a la tarea de motivarte a alcanzar lo que ellos consideran importante, sin mencionar que tras la palabra "éxito" se encuentra una más Abominable: Estatus. Esta palabra es el "espíritu santo" del éxito, pues es precisamente el motivador tras esa carrera de ratas.

Te indoctrinan que tu posición social actual no es relevante a menos que tengas cierto nivel, cierto estatus. El espejismo de dicho estatus es que el poseer tal o cual cosa, muestra a los demás el esfuerzo que hay detrás de haberlo conseguido y, por tanto, muestra tu valía como emprendedor, empresario, empleado de altos niveles. Nadie que vea llegar a alguien manejando un Ferrari pensará que el conductor es parte de una línea de producción. De allí que las personas se esfuercen en vestir de tal o cual manera, pues en su ilusión pendeja creen que los demás los verán como personas que ha salido de la mediocridad y ahora están en un estrato social más elevado, que son parte de un nivel al que la mayoría aspira con desesperación.

Las personas que en un espejismo personal creen haber alcanzado el éxito, tienden a ver a los demás como simple accesorios que ha de servir para hacerlos brillar en el estatus pendejo que han alcanzado. Ven a aquellos que en su trabajo sirven mesas, conducen taxis, limpian oficinas y proporcionan seguridad, simples humanos creados para servirles, para hacerlos sentir superiores mediante darles servicio como grandes reyes que han comprado esclavos a los cuales pueden tutear indiscriminadamente y humillar en un constante recordatorio de que su propósito es servir.

Ese esfuerzo constante de aparentar un estatus es alimentado principalmente por la opinión de los demás, y eso es inevitable. Hay un dicho que reza: "Como te ven, te tratan". así de jodida está nuestra sociedad. Lo cierto es que la importancia que le damos a la opinión de los demás, es una influencia importante en nuestra vida. Deseamos ser aceptados y tratados como iguales, y para que eso suceda los demás deben de percibirnos como pares. De otro modo, nos evitarán e incluso nos denigrarán con el simple hecho de ni siquiera prestarnos atención. Nosotros mismos buscamos convivir con personas "iguales" a nosotros. Todo lo anterior nos hace ir por la vida prestando constante atención a lo que los demás tengan que decir en cuanto nuestro éxito y es muy agradable que alguien nos elogie por haber alcanzado alguna meta, pero, por otro lado, la frustración de no tener ningún encomio debido a que los demás nos ven mediocres, pendejos, jodidos y pobres, es muy grande y dolorosa. Eso si nos hemos creído toda esa mamada del éxito.

Pero tenemos la opción de entender que lo mismo visten unos simples pantalones de mezclilla que unos pantalones de lana inglesa. Que la importancia de nuestro hogar no radica en lo caro que haya sido el construirlo sino el tesoro de aquellos que lo comparten contigo y que sea que te entierren envuelto en un petate, aquel que tenga un mausoleo estará tan muerto como tú.

Si lo entendemos y reconocemos lo anterior, lograremos llegar a un punto en el que la opinión de los demás, sin importar quien sea, deje de tener el valor que le hemos estado dando. En todo caso, si para otros somos mediocres, pero nosotros nos percibimos realizados al haber tenido el verdadero éxito enseñado por la naturaleza, la etiqueta que los "triunfadores" pongan sobre nosotros no tendrá el más mínimo valor, pues al comprender lo apendejados que andan los que corren tras el "éxito" agradeceremos ser vistos como mediocres y tendremos que amar profundamente nuestro fracaso.

Ama tu fracaso.

CAPÍTULO IV
TU NO PUEDES CAMBIAR

Quienes somos por lo regular lo definen las personas que nos observan, y es que en nuestra proyección constante es imposible que al interactuar con otros no se hagan una idea de quienes o como somos. Es importante reconocer que quienes somos debe de ser algo o alguien que nosotros mismos reconozcamos como el ente del "yo", es decir, que nosotros mismos seamos capaces de reconocer nuestra esencia del mismo modo como reconocemos nuestro rostro en la foto de un grupo o en el espejo.

La construcción de nuestra identidad nace a partir del día en el que somos concebidos, ya que como fetos iremos reclamando nuestro confort y alimento. Aunque nuestro cerebro no se haya formado, nuestros genes hacen funcionar mecanismos que exigen a nuestra madre la provisión de alimentos y la comodidad necesaria para que nos sigamos desarrollando. Ya al nacer inicia el proceso en nuestro cerebro de ir acomodando las imágenes que darán lugar a las etiquetas donde habremos de ir asignando valor a lo que percibimos. Estas etiquetas acumulan información detallada de cada cosa, rostro o situación que vivimos y tal como una tabla de Excel, asigna celdas de información que posteriormente iremos consultando una vez nos volvamos a encontrar con esa cosa, rostro o situación que dio origen a ese registro.

La información en esas etiquetas tiene varios aspectos, pero esta vez enumeraremos tres: Jerarquía, Responsabilidad, y Consecuencia. A continuación, desmenuzamos un poco estas tres.

Jerarquía: En todo ser vivo que interactúa con otros en algún tipo de sociedad, hay un reconocimiento de jerarquía, es decir, la comprensión de la posición relativa de cada miembro de la comunidad, su funcionamiento en la comuna y el grado de importancia o autoridad de otros en relación contigo mismo. Esta autoridad es dada por sentada en el momento en el que se plasma en la etiqueta psicológica del individuo y una vez establecida, borrarla o modificarla es muy difícil. Entender nuestro lugar en un grupo es vital para que podamos funcionar adecuadamente en la familia, nuestra comunidad, entorno laboral o relaciones de negocio. Está de más decir que para poder asignar dicha jerarquía, somos nosotros los que debemos reconocer nuestra posición relativa en relación con los demás, pues si no entendemos nuestro lugar en el arreglo de nuestro entorno, nos será difícil tanto asignar una jerarquía como respetarla.

Responsabilidad: Todo individuo tiene un propósito o razón de ser cuando es parte de un grupo y entender cuál es ese propósito es vital para desempeñarlo apropiadamente. Primeramente, se tiene que reconocer que hay responsabilidades para dar y hay también quien debe de ser responsable para con nosotros. Hay responsabilidad mutua también. Cuando nacemos y nuestro subconsciente registra sus primeras etiquetas, asigna a quien nos cuida la responsabilidad de ver por nosotros, de nuestra supervivencia, por lo que los padres representarán el refugio de cuidados desde que nacemos y por el resto de nuestra vida. Dentro de la responsabilidad, están los límites que gobernarán el campo de reacción de nuestras emociones y al asignar determinados valores a las personas, cosas y circunstancias, nos permitirán actuar dentro de parámetros que, aplicados apropiadamente, nos aseguran la correcta interacción con otros. No es posible tener relaciones sanas si no entendemos los límites que cada tipo de relación tiene por naturaleza y el límite en la intensidad de esas interacciones. Podemos ver las nefastas consecuencias de no poner límites a un humano de tierna edad cuando nos encontramos con personas caprichosas, manipuladoras, exigentes o narcisistas. Es importante por otro lado, entender los alcances de nuestras propias responsabilidades, ya que, al ir creciendo, los padres deberán enseñarnos que ciertas funciones nos pertenecen y que no corresponder adecuadamente a nuestras responsabilidades hará de nosotros personas incapaces de cumplir adecuadamente nuestras tareas.

Consecuencia: El subconsciente es el encargado de ir registrando las etiquetas y asignando valor a cada concepto que escribe, ya que ese valor supondrá la base de nuestras conductas. Cuando nuestra etiqueta es escrita de manera asertiva, los disparadores en estas etiquetas harán posible la manifestación de nuestras emociones de manera apropiada, pues se contará con una estructura bien definida de cómo reaccionar ante cada estimulo en su debido momento. El concepto de consecuencia da dirección a la manera como manejamos nuestras emociones. Sin información de las posibilidades en los resultados de nuestros actos, no habría la posibilidad de considerar un desenlace negativo a nuestra conducta hacia cierto individuo, cosa o circunstancia. Los bebés que no son enseñados con la sana disciplina de alimentarse de manera ordenada en sus tiempos asignados o que simplemente se les permiten berrinches por alimento, tendrán más dificultad en gestionar la disciplina. El entrenamiento basado en consecuencias es importante pues permite al individuo percibir inconscientemente que no puede actuar sin gobierno, sin sistema o sin reglas, pues el hacerlo tendrá como resultado consecuencias no deseadas. El entrenamiento con disciplina de un niño le impone el respeto por las normas sociales y los formalismos entre sus pares y aquellos de una jerarquía mayor.

Las etiquetas que vamos construyendo en nuestro subconsciente tienen una conexión que las mantiene en el lugar apropiado dependiendo de las circunstancias: El apego afectivo. Imaginémoslo como un amortiguador que logra mantener en su lugar a las etiquetas al punto que se modula la intensidad de los disparos emocionales.

El apego afectivo es el responsable de que tengamos la capacidad de amar a aquellos que identificamos como entes constantes. Es decir, personas que no solo miramos continuamente en nuestro entorno, sino que percibimos como fuente de estímulos positivos, sea la provisión de alimento, de muestras de afecto y confort. El apego afectivo estimulado por padres o adultos amorosos es el modelo que nuestro subconsciente sigue para formar lasos afectivos con los extraños que eventualmente amamos. Por ello es tan importante que un bebé cuente con un cuidado abundante en cariño, confort y pruebas sensoriales de afecto. Un bebé al que se "convence" de ser amado, podrá construir lasos afectivos sanos. De igual manera el apego afectivo da lugar al desarrollo de una cualidad importantísima para manifestar la bondad: La empatía.

Estas etiquetas dan a nuestro generador de emociones un parámetro que le permitirá modular nuestra conducta siempre y cuando nuestro apego afectivo este presente. Como ya explicamos, el subconsciente va registrando estas etiquetas y es quien decide como habremos de comportarnos ante ciertas personas y situaciones bajo determinadas circunstancias. Sin embargo, el subconsciente no solo registra las etiquetas que clasifican lo que nos rodea, sino que, a fin de generar ciertas emociones, necesita moduladores para determinar primero que emoción es la que necesita manifestarse y segundo, la intensidad de dicha emoción. Esos moduladores son los aprendizajes que como bebés vamos absorbiendo de aquellos que nos cuidan. En la mayoría de los casos son los padres. Nuestros jóvenes cerebros están hechos para asimilar tanta información como sea posible, pues biológicamente, esa información habrá de servirnos a medida que vamos creciendo para comprender nuestro entorno y poder interactuar con otros, todo ello encaminado a nuestra supervivencia. La modulación producto de nuestro apego afectivo puede ser visto en acción cuando alguien a quien amamos y respetamos hace algo que nos molesta, ya que no nos pondremos a reclamar de una manera intensa o violenta, sino que manifestaremos nuestro enojo de una manera cuidadosa, tratando de no ofender y con la mayor de las consideraciones. Yo lo he visto cuando un hijo amoroso reclama algún tema a su madre envejecida. Pero si lo mismo se lo hubiera hecho un completo extraño, si no hubiera violencia, por lo menos habría un tono de voz altisonante.

Tenemos que reconocer que la conducta es la columna vertebral de nuestra personalidad y que es esta la que clasifica ante nosotros mismos y los que nos observan qué clase de personas somos, nuestra confiabilidad, nuestro grado de bondad y nuestra valía como seres humanos. La conducta es el producto de las etiquetas que tenemos registradas, de ahí que tratamos a las personas de una manera diferente dependiendo el registro que tenemos de ellas. No podemos tratar igual a nuestros padres o a nuestros jefes en el trabajo, pues, aunque hay jerarquías en ambos casos, la información de las etiquetas es muy diferente, ya que la de nuestros padres es más extensa y envuelve un mecanismo biológico no presente en el caso del jefe: El apego afectivo. Este último es el más importante, ya que cuando es entrenado de manera adecuada, ayuda al bebé a ir construyendo valores que se integran a ese apego afectivo y al ser inculcados oportunamente, dan a las emociones la fortaleza necesaria para desarrollarse sanamente.

Las emociones son con mucho, la parte más importante en la psicología del ser humano, pues son estas las que determinan la condición de ánimo en la vida diaria. Como es sabido por millones de adultos alrededor del mundo, el estado de ánimo influye de manera definitiva en cómo funcionamos, cómo tratamos a los demás, nuestras expectativas en la vida y por supuesto y no menos importante, la manera que amamos.

Las emociones son disparadas por dos diferentes factores, siendo el más poderoso nuestra mente seguido por lo que sucede a nuestro alrededor, sean circunstancias, eventos o simplemente lo que otros dicen o hacen. La mente ocupa el primer lugar al ser la fuente de incontables pensamientos, suposiciones, teorías, conspiraciones, conflictos inexistentes y por supuesto que también de optimismo, razonamiento, creatividad, y la inconmensurable belleza del arte y la contemplación.

Nuestro subconsciente se encarga de ir leyendo las etiquetas a medida que nuestro cerebro registra personas, cosas y circunstancias, y entonces decide sobre la información que interpreta que emoción activar. Por poner un ejemplo: Si alguna persona dijo algo que nos hizo sentir terriblemente mal al punto de aborrecerla, la próxima vez que nuestros ojos la vean, nuestro cerebro la reconoce y nuestro subconsciente activa la última emoción que se registró en su etiqueta de información, por lo que inmediatamente sentiremos el aborrecimiento. El modulador de esa emoción hará posible no lanzarnos a golpes contra ella, o siquiera decir algo que corresponda a nuestro sentir, simplemente haremos lo que nuestro razonamiento dicte: Ir en dirección contraria, ignorar su presencia o si aquella persona es nuestro jefe, sonreír forzadamente y responder a sus preguntas. Esa reacción tan modulada fue posible debido a que emocionalmente estás bien estructurado, que tus padres hicieron un buen trabajo inculcando los valores que fortalecen al modulador de tus emociones.

Hemos dilucidado con anterioridad que el diferenciador entre las personas es la esencia. Aunque las emociones son la fuerza poderosa que gobierna nuestra forma de sentir, la esencia es el camino por donde circulan nuestras emociones y dan forma a nuestra personalidad. Ambas son de gran influencia en la manifestación de nuestros pensamientos y sentimientos: La conducta. Tenemos que hacer un recuento de qué es cada cosa para poder entender donde pudiera estar el desmadre que traemos. – Hablo de tu alma, querido lector -.

La esencia es el conjunto de características heredadas que, sin ser un mapa capaz de identificarse en nuestro cerebro, es una carretera por donde circulan tus pensamientos. Esta esencia se muestra en un conjunto de actitudes que se manifiestan en tu vida diaria. Por ello es por lo que se te cataloga como persona con alguna de estas características: Seria, alegre, taciturna, melancólica, de buen humor, soñadora, impaciente, intolerante o cualquier otra que te clasifique como ser especifico. Al haber tantas personas sobre el planeta, es difícil tratar de clasificar cuantas esencias hay, pero una cosa es segura: al ser una característica heredada y definida a nivel genético, las combinaciones de esencias son infinitas, pero a fin de que esta explicación tenga sentido, enumeramos las que por lo general percibimos. Pudiéramos agregar que las esencias son como los colores, que siendo solo siete según el arcoíris, pueden producir millones de matices al combinarse haciendo creer al ojo humano que hay de facto millones de colores.

La conducta por otro lado es la serie de comportamientos y actitudes que gobiernan la calidad de tus acciones. Es decir, todo lo que haces, dices y manifiestas por hecho o dicho y que en conjunto son catalogadas como elementos positivos, productivos o negativos y dañinos. Aunque la conducta pudiera tener sesgos morales sujetos a interpretación, es indudable que hay actos y palabras que pueden ser clasificados como perjudiciales al provocar en otros malestares e incluso lesiones físicas. La conducta es lo que les da valor a las personas como seres humanos, pues engloba todo lo que haces, sin importar tus motivaciones. La conducta al ser una serie de comportamientos es la más fácil de determinar, a diferencia de la esencia, pues esta última no puede ser manifestada sin la presencia de la conducta. Alguien que no habla mucho y no define sus acciones por determinadas circunstancias no pude ser clasificado tan fácilmente. Pero lo siguiente es definitivo: En un momento u otro, tu conducta mostrará tu calidad como ser humano.

Las emociones son los estados y estímulos mentales que definen la situación anímica derivada de un estímulo propio o exterior. Es decir, cuando hay un estímulo especifico en nuestros pensamientos consientes o incluso en el subconsciente, una sensación especifica es disparada y podemos llenarnos de un determinado estado de ánimo, de una sensación que se determina agradable o desagradable de acuerdo con el humor o sabor que está presente ante la emoción sentida. Son con mucho la parte más importante de nuestro ser como entes vivos, pues son las emociones las que gobiernan nuestras conductas y la intensidad de nuestras reacciones. Por ello es por lo que el fortalecimiento de nuestras emociones es la clave para gestionar todo aspecto de nuestras relaciones y nuestra manera de ver la vida.

La personalidad por otro lado es la combinación de comportamientos y de actitudes que se manifiestan en la forma como interactuamos con los demás, la manera como manejamos esas interacciones y las reacciones que tenemos ante las diferentes circunstancias, sean adversas o positivas. Incluye toda la gama de gesticulaciones que acompañan nuestro lenguaje verbal y corporal. La personalidad puede ser presentada como una máscara, puede ser estudiada y en algunos casos fingida.

Si nosotros somos capaces de entender el origen de ciertas emociones, es decir, los motivos por lo que ciertas cosas nos hacen sentir de tal o cual modo, la conducta puede ser modificada o modulada. Pongo un ejemplo: A veces no podemos evitar sentir cierta aversión por determinada persona. Cada vez que la miramos sentimos esa sensación en el estómago y ese malestar tan solo con su presencia. Resulta que alguna vez escuchamos que esa persona dijo algo negativo acerca de nosotros. Algo que nos hizo sentir muy mal. Un día nos armamos de valor y confrontamos a esa persona y para sorpresa nuestra, nos aclara las cosas y aquello que creíamos había dicho, nunca lo dijo y que todo había sido un terrible malentendido. Después de disculpas dadas y aceptadas, la etiqueta de esa persona tiene una corrección. En lo sucesivo cada vez que la veamos, ya no experimentaremos una sensación desagradable y es posible que hasta haya una sonrisa reciproca.

Nuestro subconsciente ha registrado una infinidad de etiquetas y la manera que las gestiona no es a veces la mejor, todo ello debido a que cuando éramos pequeños nuestros padres o adultos que nos cuidaban, no les dieron a nuestras emociones el refuerzo necesario por lo que nuestra capacidad para procesar ciertas emociones es muy baja. Uno de los grandes remedios es cultivar nuestra autoestima ya que los huecos emocionales atacan precisamente eso en nosotros. La falta de autoestima genera las inseguridades que harán de nuestras relaciones un campo minado.

Se nos ha insistido en que no estamos completos al no ser el modelo que el sistema de cosas exige de nosotros y ello provoca la frustración que descargamos injustamente en los demás

Con lo anterior mostramos que la conducta sí puede ser modificada al punto que nuestras relaciones se vuelvan más satisfactorias y significativas.

Al ser definida a nivel genético la esencia no puede ser cambiada, pero con esfuerzo puede ser adornada. Es como tu cuerpo, al que puedes vestir de muchas maneras, y en esos cambios un día lo vestirás con ropa deportiva o casual o hasta con ropa para dormir, pero de vez en cuando lo vestirás con un traje o vestido formal, de gala. Todos lo que te vean dirán: "A chingados, ¡Que cambiazo!"

Habiendo dilucidado lo anterior, tendremos que detenernos a pensar en que si la posibilidad de que alguien cambie es realista.

Primeramente, tendríamos que entender por qué alguien quisiera cambiar o ceder ante el deseo de alguien más que le pide el cambio. En mi experiencia personal, cuando he querido "cambiar" ha sido cuando siendo un adolescente, algún amor a quien pretendía le ponía peros a mi manera de ser, de reírme, de contar chistes o mamadas como esas. Claro que, debido a mi joven edad, me esforzaba por ser más serio, cosa que me costaba gran trabajo pues siempre me gustó andar de mamón. Está de más decir que nunca logré ese cambio que se me requería. Entonces sigue la cuestión de porque alguien que ha vivido todo el tiempo siendo de cierta manera pudiera tener una razón válida para desear cambiar.

En tu afán constante de encajar vas formándote una idea errónea de que cierto tipo de personas son más "acordes" al grupo o estrato del que quieres ser parte. Notas que ciertas personas tienen una personalidad que atrae y que el sexo opuesto responde más favorablemente a sus avances. Notas también que ciertas personas son más interesantes y que sus conversaciones provocan tanto debate como aprobación, son personas que siempre tienen algo que decir.

Está también la posibilidad que tu manera de gestionar las relaciones personales no ha sido del todo buena, ya que por más que te esfuerzas, sigues teniendo conflictos en el trabajo y las personas con las que socializas encuentran cada vez más difícil convivir contigo.

Por otro lado, tus relaciones amorosas son el fracaso constante y no duran mucho. Esto a pesar de que de verdad tienes interés en hacerlas duraderas y significativas.

Tu manera de tratar a tus hijos y pareja dista mucho de lo que tú realmente quisieras y no te explicas porque cualquier contrariedad en el hogar te hace explotar y gritar a aquellos que en realidad quieres proteger y amar.

Tanto tus amigos, tu familia, tu pareja e incluso tus hijos te piden, te ruegan, te tratan de convencer que un cambio es urgente. Y claro, lo primero que se activa en ti es la negación y replicas que tu manera de ser simplemente no es comprendida y que, si te vieran con el lente adecuado, verían que en realidad son ellos los que están exagerando. Pasa un tiempo.

Cuando ya pasó tu periodo de negación pones manos a la obra y buscas ayuda en diferentes lugares, desde libros de autoayuda hasta terapeutas. A causa de libros leídos y visitas a encantadores, Vas por la vida diciéndote que vas a cambiar, que todas las dificultades que vienes enfrentando se van a desvanecer porque serás una persona diferente. La biología muestra que tu no vas a cambiar.

Tienes que llegar al punto de aceptar que, de hecho, tú no puedes cambiar, ni nadie a tu alrededor y quien te diga que el cambio es posible, te está tratando de vender la varita mágica que te transformará. Miles de libros de "autoayuda" han sido escritos, y muchos terapeutas esperan con ansia tu dinero, con la única premisa de escuchar como tu vida está hecha una mierda y que seas tú el que lo reconozca para finalmente continuar jediéndole la vida a los que te rodean, con la única diferencia que ahora sí reconoces tener un problema, pero que estás imposibilitado a ponerle fin y de momento no queda otra que vivir contigo y el que no quiera pues ahí está la puerta.

Eres producto de una crianza que tal vez no fue mala, pero tu manera de tratar a otros la muestra deficiente. ¿Qué es realmente lo que te molesta? Tal vez el problema de miles de personas es el hecho de que no son capaces de valorarse a sí mismas, y viendo con desprecio su propio ser, van por la vida amargadas de saberse incompletas o simplemente sin valor alguno. Te tengo muy buenas noticias.

Durante años te han tratado de amoldar a un estándar y tú como muchos, has sucumbido al embate del adoctrinamiento, transformándote en una persona que a veces no reconoces. Los gurús de la felicidad te han estado metiendo en la cabeza que tu vida es miserable y por tanto tienes la necesidad de adquirir sus remedios "mágicos" para encontrar el camino a la gran paz que dan sus consejos.

Lo cierto es que te han convencido de que cierto tipo de personas, con cierto tipo de estatus, son las que en realidad merecen ser felices. Han puesto delante de ti un estilo de vida ideal con la posibilidad de tener en ella solo cosas bellas, incluidos tu compañero de vida e hijos. Allí radica el primero de tus problemas. Para empezar lo más probable y de acuerdo con los anuncios en la televisión, si no eres rubio, de ojos verdes o azules, alto, con cuerpo atlético y facciones europeas, tú no eres precisamente hermoso. Cuando volteas a ver a tu pareja de vida, notas que no es tampoco una modelo de anuncio de cerveza, y tus hijos no parece que serán candidatos a una beca del MIT o de perdida TEC de Monterrey. Aunado a que no tienes una casa en coto o vehículo último modelo.

Puedo asegurar que la mayor de las frustraciones de casi todo mundo está en todo aquello que sueña tener, pero que se reconoce imposible. Entender el origen de nuestros enojos y resentimientos con la vida puede ayudarnos a gestionar todas esas reacciones negativas en nuestra vida diaria.

Tenemos que reconocernos como personas únicas y entender que querer cambiar es ir en contra de nuestra genética. Yo no conozco y creo que tú tampoco, a nadie que a fuerza de querer haya cambiado el color de sus ojos, piel o estatura. Una vez que la lotería genética decidió como habrías de lucir te quedaste como quedaste. Claro que habrá muchos que digan que el cambio no es en el físico sino en nuestra manera de ser y yo afirmo que ni siquiera nuestra forma de ser puede ser cambiada, pues como se explicó al inicio de este capítulo, nuestra esencia y las etiquetas formadas en nuestro subconsciente son determinantes en la manifestación de nuestra personalidad. Querer transformar a una persona sin sentido del humor en un comediante gracioso, puede tener resultados desastrosos a la hora de la función.

La conducta por otro lado, si se puede transformar una vez que reconozcamos en nosotros cuales son los disparadores de esas emociones que nos hacen reaccionar de manera inapropiada. Tenemos que fortalecer los moduladores que pondrán límites a nuestras reacciones. Eso lo logramos meditando cuales son los orígenes de esas emociones.

Nuestra fantasía del cambio no está limitada a nosotros, sino que nosotros mismo insistimos en que otros cambien para acomodar nuestro concepto personal de cómo deben ser los demás. Es en esa fantasía del cambio que otros insisten en cambiar cosas en ti y claro que tú a su vez miras en otros el ideal de persona siempre y cuando hagan cambios en su vida para reflejar lo que tú quieres ver en ellos.

Es en realidad un hecho el que las personas son cómo son y tú mismo debes de reconocerte cómo alguien incapaz de ser otra persona que no seas tú mismo.

Por otro lado, las conductas y las actitudes si pueden transformarse a fin de que sean menos ofensivas y más afectivas, más amables. Es el apego afectivo el mejor motor para esos cambios. Si vemos el extremo de las emociones que no se modulan, podemos encontrar casos donde hijos han llegado a golpear a sus padres envejecidos, hombres enamorados han golpeado a quien dicen amar y madres amorosas han llegado a maltratar a sus hijos al punto de incluso quitarles la vida. Esos extremos no nacen de un día para otro, son emociones que al ser disparadas no tienen modulación y que, con cada disparo, van haciéndose más intensas al punto de locura.

Todo comportamiento sea negativo o positivo tiene un proceso y una medida de intensidad que crece o decrece dependiendo de su continuidad, de su repetición. En las relaciones donde una persona golpea a su pareja, se sabe que los golpes no llegaron con la primera cita, sino tal vez varias citas después. Se inicia con alguna palabra mal dicha, un gesto agresivo y ello da paso después a leves empujones hasta que finalmente se utiliza la violencia física como única manifestación de desacuerdos o inconformidades.

Afortunadamente para todos nosotros, el humano es un ser programable y de igual modo sus programas pueden ser modificados o incluso eliminados.

Entender el proceso en el que se forman nuestras etiquetas, nuestras emociones y donde nacen nuestras conductas nos ayudarán a identificar cuales cosas no nos fueron enseñadas o en su caso cuales fueron las que aprendimos que provocan reacciones que no nos gustan y que dañan a quienes amamos.

No debemos olvidar que somos seres que sí podemos y merecemos ser amados, especialmente por nosotros mismos. Tal vez tengamos que reaprender nuestro valor al grado de sanar nuestra autoestima, desarrollar nuestro amor por nosotros mismos al grado que la simple idea de cambiar nos parezca lo que es: ridícula.

El valor que tenemos debe ser percibido por aquellos que dicen amarnos, y toda aquella persona que habrá de iniciar cualquier tipo de relación con nosotros, es responsable de sopesar nuestra forma de ser a fin de considerar el aceptarnos tal como somos, y de concluir que hay cosas en nosotros que no le gustan, es solo natural esperar que se aleje. De igual manera nosotros somos los únicos a quien corresponde decidir qué tipo de personas dejamos entrar en nuestro círculo de amistades, con la premisa de que las personas deben de ser aceptadas tal como son, y de no gustarte su manera de ser, en lugar de fantasear con la expectativa de que han de cambiar, debes simplemente alejarte. Muchos comprenden que, de alejarse a tiempo, se hubieran evitado los dolores de situaciones desagradables.

Todos tenemos derecho a levantar la mano y fijar límites en la manera como otros nos tratan y de igual manera respetar nosotros mismos los límites que otros han marcado en nuestro convivir diario. Pero de ahí a querer que otros cambien su esencia o nos exijan a nosotros mismos el ser otro tipo de persona es la mayor de las fantasías y el que diga que se puede cambiar nuestra biología a voluntad, es el más grande de los mentirosos.

CAPITULO V
TÚ Y TUS DIEZ MIL AMIGOS

Vivimos en un tiempo donde las redes sociales hacen posible el tener muchos amigos, y hay de hecho personas con miles de ellos.

Antes de felicitarte por tener decenas, cientos o miles de amigos, permíteme agregar mi admiración por tener el tiempo de cultivar cada una de ellas – Dicho sea, con sentido sarcasmo-.

Tal vez la confusión venga del hecho de que las redes sociales llamen "amigos" a todos aquellos con los que conectas con la finalidad de compartir un sinnúmero de información en forma de memes, anuncios, comentarios, fotografías y recuerdos entre muchísimas cosas más. Es lo anterior lo que demerita el verdadero valor de la palabra y la convierte en una referencia de contacto vano. Habría que mirar el pasado en la historia para entender cómo es que la palabra, el significado y el verdadero valor de la amistad se ha perdido por culpa del ciberespacio.

Con el advenimiento del internet de manera generalizada en los años ochenta y el acceso ilimitado a la información, cosas que ver, noticias, y por supuesto el acceso a miles de películas, libros y la maravilla entretenedora de la pornografía, ahora es posible pasar incontables horas frente a la televisión o la computadora. Nuestras costumbres fueron modificadas y a partir de entonces es más difícil sacar a una persona de su cueva de lo que era hace algunas décadas. No conformes con tenernos atados a un monitor, las tecnologías avanzaron al grado de que un teléfono podría tener la capacidad de navegar por el internet, ser "inteligente" y llegar a ser el accesorio más importante en la vida de todo humano en occidente. Los teléfonos inteligentes abrieron un nuevo mercado de consumo que generaría miles de millones de dólares en ganancias: Las aplicaciones. Los teléfonos inteligentes han reemplazado relojes, despertadores, agendas, y un sinfín de cosas más, pues ahora tenemos todo ello en la palma de nuestra mano. Sus pantallas y capacidad de conexión hacen posible que hasta la televisión como medio de entretenimiento haya sido desplazada. Muy seguramente la computadora de escritorio se ha visto debilitada ante el poderoso "Smartphone". En los nuevos mercados de consumo creados por el internet se encontraban los millones de personas que, debido a su falta de tiempo o conectividad social en el mundo real, anhelaban "conectar" de alguna manera con otros seres humanos. Por ello aplicaciones como MySpace y posteriormente Facebook, hicieron posible el mantenerse "conectados" con aquellos que de otro modo se mantendrían en un purgatorio mental.

Aplicaciones de citas como The Craig List o Tinder lograron emparejar a personas que en un bar lo único que levantaban era la copa que bebían. Dando crédito a quien lo merece, también hacían posible el emparejamiento a profesionales que por estar muy ocupados no tendrían tiempo de ir a levantar copas a algún bar.

Lo anterior no sería tan terrible si solo afectara a adultos con un pobre poder en sus elecciones de vida. La verdadera tragedia es que las nuevas tecnologías han puesto un grillete a millones de niños que viven idiotizados frente a una pantalla y consola de juegos, tabletas y por supuesto, teléfonos. Es muy común hoy día ver menores que con menos de nueve años ya cuentan con un teléfono propio y navegando sin supervisión los más oscuros lugares de internet. Yo he tenido la desgracia de sorprender a pequeños navegando por paginas para adultos, como si nada y con la naturalidad de quien sabe cómo encontrarlas con facilidad. No me podrán negar que hay infinidad de niñas "perreando" y posando inapropiadamente en plataformas como Tik-Tok u otras más. Hemos llegado al punto en el que diferentes departamentos de policía se han visto en la necesidad de formar divisiones en contra de delitos cibernéticos.

El advenimiento de Facebook hizo posible la interacción de millones de personas, que originalmente solo agregaban a su red a quienes conocían y familiares. Pero la tentación es muy grande y finalmente agregaron a cuanta persona solicitaba ser agregada. Nacía el estúpido concepto de que el valor de cada persona era sopesado sobre la cantidad de "amigos" o "seguidores" así como la cantidad de "Me Gusta" que obtenían sus publicaciones. Está de más decir que en el afán de tener más "seguidores" o "Me Gusta" las personas publican todo tipo de pendejadas, desde divertidos memes hasta las más descabellada de las mentiras. Eso sin mencionar las llamadas cadenas de oración y cientos de mamadas más. Las redes sociales se han convertido en la fuente de desinformación más grande e influyente de la historia de la humanidad. Creo que a estas alturas ya superó a las religiones.

La realidad del pendejismo de la humanidad había sido manifestada una vez más.

La amistad entre dos personas es la cima, el epítome de la hermandad: La incondicionalidad en una relación que se reconoce única e irrepetible. No me refiero a la familiaridad o cordialidad que se muestran las personas que conviven constantemente o que son capaces de socializar en diferentes circunstancias, me refiero a esa intimidad que comparten dos personas: Solidaridad que se muestra en tiempo de dificultades y gozos de felicidades compartidas.

De ahí que se diga que un amigo es en realidad un hermano nacido de otra madre. Hace cuarenta años y hacia atrás en el tiempo, las amistades se cultivaban a fuerza de raspones, sudor, risas y juegos a veces un tanto rudos. Las niñas con sus juegos de té y sus comiditas ficticias también cultivaban esas amistades que durarían toda la vida.

Tenemos que reconocer que las comunidades eran más estáticas, es decir, si tu nacías en un barrio, colonia, pueblo, ranchería o ciudad, lo más probable es que allí mismo morirías, pues tu comunidad era tu campo de acción durante toda tu vida. De modo que aquellas amistades que cultivabas cuando niño, fueron creciendo contigo al punto que su acercamiento parecía lazo familiar. Algunos de nosotros aun recordamos a los viejitos del barrio, a los papás de nuestros compañeros de juego y por supuesto que recordamos las veces que las mamás de nuestros amigos compartieron con nosotros una comida. Aquellos eran tiempos donde de verdad las amistades te duraban toda la vida.

Con el crecimiento de las ciudades y la diversificación de las actividades económicas, el fenómeno de la migración se intensificó, por lo que después de los años ochenta, vimos junto con la globalización y el nacimiento del internet, como miles de personas migraron a otras ciudades y muchos de ellos a otros países. Nuestros barrios empezaron a acumular ausencias de aquellos que alguna vez fueron parte del paisaje que amamos. Familias enteras emprendieron viajes sin regreso y las comunidades otrora unidas, empezaron a ser formadas por extraños que iban y venían.

A causa de aquella tragedia, los niños ya no eran la algarabía que formaba parte de la cacofonía cotidiana. Los niños que llegaban no eran como los que conocíamos, de hecho, sus padres, al sentirse en un entorno ajeno, mantenían a sus criaturas resguardadas. Ya para los años noventa, la invención de las consolas de videojuegos hizo tarea casi imposible el que los niños salieran a jugar como lo hicieron sus padres. Ya no se saltaba la cuerda, ni se jugaba burro castigado, las cebollitas, la rueda de San Miguel y que decir de las cascaritas de futbol.

En la medida que fueron surgiendo industrias adicionales de entretenimiento, se fueron descubriendo mercados a los cuales sacar provecho. Fue una gran sorpresa el que un sistema de juegos pudiera arrancar a los niños de su manera tradicional de divertirse. Hubo alguien en algún momento que dudó que la televisión fuera capaz de mantener a la gente atenta viendo una pantalla y ahora vemos que ciertamente lo logra sin ninguna resistencia. De igual manera, el poder de las consolas de juego fue una revelación no esperada, por lo que en cuanto se descubrió su poder de influencia, primero decenas, luego cientos y ahora miles de videojuegos han sido producidos al grado que ya ni siquiera una consola es necesaria. Los juegos pueden ser descargados directamente a los teléfonos inteligentes de los no tan inteligentes.

Uno de los grandes conflictos de la humanidad en estos tiempos, es que el abuso del mercadeo – Marketing – ha dado como resultado una enorme distorsión a los valores humanos más fundamentales.

Recordemos que el propósito de entender las emociones humanas en el marketing es explotarlas y motivar a los consumidores a ejercer plenamente su función: comprar, consumir, y luego repetir el ciclo. Para ello usarán todo tipo de conceptos familiares, que toquen fibras delicadas en nuestro ser, a fin de asociar un producto innecesario con alguno de nuestros más íntimos sentimientos.

Solo por poner un ejemplo y sin afán de desprestigiar a nadie: En la pestaña de ayuda de una página web, había un titular que decía: "Conéctate Con Nuestros Ingenieros De La Felicidad". Un concepto filosófico de principal trascendencia en la vida de la humanidad había sido reducido a un texto manipulador.

De igual manera, la amistad ha sido secuestrada por infinidad de redes sociales como un gancho psicológico dirigido a nuestro subconsciente. En los últimos años se ha observado el vacío con el que miles de personas tienen que vivir, ya que la gestión de amistades, la manera de conseguirlas y de cultivarlas ha cambiado radicalmente. Como ya mencioné, en décadas pasadas las amistades no se buscaban, sino simplemente aparecían como parte del catálogo cotidiano en nuestra niñez. Los niños con los que jugábamos en el barrio coincidían con nosotros en la escuela y dependiendo el tamaño de la comunidad, en ocasiones llegaban a ser compañeros de trabajo.

En estos tiempos en los que la población es muy flotante rara vez alguien vive más de cinco años en un solo lugar, el único círculo donde algunos ven la posibilidad de adquirir amigos es el lugar donde laboran. Lamentablemente las personas que sí logran cultivar amistades en el trabajo tienen que enfrentar el dolor de dejar atrás amigos queridos una vez que tienen que cambiar de trabajo por razones de desarrollo profesional o cambios en la economía.

Esa constante de cambios ha hecho que las personas se vuelvan hasta cierto grado insensibles a su necesidad de amistad. ¿Cuál es el caso de cultivar una amistad, si no ha de durar mucho tiempo? Esa desilusión constante hace que simplemente algunos pierdan interés en cultivar nuevas amistades. Realmente no necesitamos tener amigos para vivir y eso lo enseña la biología y la naturaleza.

Sin embargo, la gran mayoría de las personas que viven en entornos urbanos tienen problemas en gestionar sus emociones a causa de las inseguridades dejadas por una crianza que no fortaleció su autoestima. Por ello es por lo que sus sentimientos de soledad los hacen especialmente vulnerables al estar solos. De ahí la gran necesidad de llenar los huecos emocionales con compañía.

Nuestra necesidad constante de atención nos impulsa a querer mostrar que sí valemos, que sí somos dignos de ser amados, por lo que presumimos inconscientemente la cantidad de "amigos" que tenemos en las redes sociales. Nuestro valor como personas no lo dicta más nuestra manera de actuar, sino a la cantidad de "Me Gusta" o las veces que nuestras publicaciones son compartidas. Como cereza en el pastel, el número de "seguidores" que presumimos en "Twitter". Hay infinidad de ofrecimientos en el internet para inflar artificialmente la cantidad de seguidores que se muestran en el contador.

Un factor determinante en la manera como vemos la amistad y como interactuamos con otros es la cobardía que se nos permite en las redes sociales. Explico: Cuando tú agregas a una persona como amiga, tú estás en una especie de trinchera, protegida por un escudo que es la pantalla de tu teléfono o computadora. Tus interacciones con tal o cual persona son esporádicas y no llegan a más que un intercambio de textos e imágenes que tienen como propósito solo entretener, pero que, si de momento alguno de los dos siente incomodidad, simplemente se desconecta. El intercambio de textos siempre es de temas irrelevantes y al no haber un contacto real, presencial, nuestras vulnerabilidades no son expuestas, así que podemos simplemente ocultar nuestros rasgos de personalidad y en muchos de los casos incluso presentar una imagen de nosotros que nada tiene que ver con nuestra verdadera apariencia. Las redes sociales incluso tienen ya integrados filtros para embellecernos o hacernos lucir diferentes. Mamadas como el "avatar" son usadas constantemente. Es un hecho probado que estar tras una pantalla en un lugar desconocido para los demás envalentona al grado que las personas ya no tienen pudor ni limites en lo dicen y sin traba alguna se sienten empoderados para insultar sin ningún tipo de filtro a quien le da la gana.

La amistad para que cuente como tal, se construye con los lazos de confianza que van fortaleciéndose en la medida que convivimos con alguien. Las cualidades y los valores hacen de las personas entes atractivos con los cuales deseamos pasar momentos significativos. Pudieran ser de pronto momentos banales, pero con las vivencias, los momentos escalan a ser verdaderas experiencias enriquecedoras. Claro, que, si tú no crees tener nada de valor que aportar a una amistad, es poco probable que siquiera intentes conseguir una, y mucho menos cultivarla.

La amistad es una relación con mucho más importante que las relaciones familiares, pues precisamente son las que escogemos en la medida que crecemos. Lo anterior no es una afirmación sacada de mi imaginación, pues es visto que la gran mayoría de las personas pasan más tiempo con amigos que con su familia, y al momento de viajar o divertirse, los amigos son los primeros en la lista de posibles compañeros.

El amor que sentimos por nuestra familia es de facto uno que se da por sentado y pocas personas se preocupan por cultivar intimidad con sus hermanos y demás familiares – salvo raras excepciones -.

Por tanto, las amistades representan con mucho uno de los más grandes contribuyentes en el significado de la vida, pues enriquecen nuestros momentos y nos dan la oportunidad de acrecentar nuestra valía ante nosotros mismos y a aquellos que escogemos amar.

Es evidente que entre mayor calidad tengas tu como ser humano y entre más profundas sean tus reflexiones de vida, la calidad de tus amigos corresponderá a lo que tú mismo eres. De ahí la importancia del dicho: "El que entre lobos anda, a aullar se enseña". No requiere mucho esfuerzo escoger amigos, pues tu propia esencia ahuyentará a aquellos que no estén en sintonía contigo. Sin embargo, tenemos que reconocer que en la vastedad de gente que vemos, no son muchos los que vibran con la intensidad que tú lo haces. Bueno, suponiendo que seas una persona completa. Si, por otro lado, tu mente es tan vana como la de la gran mayoría, no serás muy exigente a la hora de aceptar amistades. Si no me crees, mira el número de agregados que tienes en Facebook y no me vengas con que tienes dos cuentas, una para tus amigos de verdad y familia y otra para los demás, pues eso solo me indicaría que de verdad tienes problemas.

La amistad que se cultiva sobre la base de valores humanos transcendentales tales como la lealtad, la honestidad y sobre todo el respeto, es un tesoro que puede adornar todo tu trayecto sobre la Tierra.

De todas las relaciones, pudiéramos decir que es la más relevante en el caso de muchos. Es una relación que incide tanto en la vida que incluso grandes decisiones de vida son tomadas influenciadas por los amigos. Esas personas tienen de nosotros el respeto y por supuesto la admiración que permite a veces verlos como ejemplos a seguir. O simplemente y sin pensar, los queremos siempre en nuestra vida. Los amigos son irremplazables y para muchos su pérdida es la más grande de las tragedias.

He observado que los ancianos pierden interés en la vida muchas veces por el simple hecho de que han visto partir a sus amigos uno a uno en la lejanía de la muerte. Tal vez se sientan amados por hijos que les cuidan y por otros tantos familiares, pero ni los hijos ni la familia proveen el grado de intimidad que muchos tienen con sus amigos. Por ello, cuando ya no se cuenta con ninguno, el estímulo de compartir vida y momentos desaparece y con él, la motivación de acumular momentos nuevos.

Tenemos que reconocer que el gran tesoro de la amistad no es un Sol que nace para todos. Desafortunadamente hay millones de personas que no logran conectar con otros al grado de construir una relación significativa y sin intereses mezquinos ocultos.

Nadie puede dar lo que no tiene. Si en tu persona solo hay conflicto, chisme, juicios y todo tipo de toxicidades, lo más probable es que el único tipo de personas que se interesen en tu amistad, serán aquellas que, en sus deficiencias emocionales, disfruten de todo tipo de arguende que les puedas compartir. El hecho es que ese tipo de amistades duran lo que duren los chismes que compartan o hasta que uno o una de los dos sea víctima de los arguendes de la otra. Es muy cierto el dicho que reza: "Cuando veas las barbas del vecino cortar, pon las tuyas a remojar". Las personas que gustan hablar sin filtros de los demás, hablarán liberalmente de ti cuando no estés, y ten la seguridad que cuando ya no haya la complicidad que los unía, tu reputación será hecha pedazos tal como tú y la otra chismosa hicieron pedazos la de alguien más. Si así eres, tu amistad no le interesa a nadie que valga la pena.

La amistad en el caso de muchos es el simple intercambio de favores. Por alguna razón hay personas que creen que los amigos son una red que amortiguará nuestras tragedias y que de alguna manera están obligados a ayudarnos en momentos de vicisitud. Por ello es por lo que toman en cuenta a sus amigos solamente cuando se encuentran en problemas. Una manera fácil de identificarlos es que en cuanto toman cierta confianza contigo, lo primero que hacen es pedirte dinero prestado.

La amistad en el caso de algunos se ha prostituido al punto en el que las personas la buscan de alguien con la única finalidad de acrecentar una red de distribución, de relaciones de negocios y miserablemente, sacar provecho de los sentimientos que otros sí tienen por ellos. Las personas van tratando de ampliar sus amistades con la finalidad de tener recomendaciones o pistas de posibles negocios. No faltan aquellos a los que les sonreímos e inmediatamente se hacen los agradables para enseguida sacar los catálogos que, según ellos, te han de "cambiar" la vida.

Las redes sociales son una herramienta valiosa a la hora de entretener y dar a conocer productos y servicios, como si fuera un gran mercado virtual. Y como todo pasillo de una gran vecindad o condominio, no todo lo que escuchamos por ahí es verdad.

Las redes sociales han robado a la vida real el verdadero valor de la amistad, transformándolo de ser una relación afectiva importante a simplemente ser el conecte entre individuos que difícilmente se darán algún día la mano.

La amistad en la vida real requiere un esfuerzo enorme para ser encontrada, cultivada y por supuesto el mantenerla viva un reto muy grande. Son pocos los afortunados que cuentan con varios amigos íntimos. Se atribuye a Napoleón la siguiente frase: "Los amigos que tengo, los cuento con los dedos de la mano y me sobran dedos". No necesito explayarme para que entiendas que tu deseo de "muchos" amigos no es realista.

Si eres como muchas personas inteligentes que catalogan a las redes sociales en el lugar correcto, entonces la usarás como lo que es: Un gran escaparate para reírte, para compartir memes, y ¿Por qué no? Compartir tus más sentidos pensamientos – cuidando la intimidad de tu alma -. También te puede servir para promover tus intereses comerciales. En fin, para lo que quieras y tu imaginación es el límite.

"Pero si, por otro lado, eres de los que en una fantasía enferma quieren conectar íntimamente con otros mediante exponerte en las redes sociales, déjame decirte que sí estás en serios problemas." ("MG Soyótzin | Soy Pendejo Por Pendejo")

Ten en cuenta que, si tú puedes ser quien quieras ser y presentarte ante otros con avatares, personalidades o hasta nombres falsos, todos los que departen en las redes sociales pueden hacer lo mismo. Es muy difícil saber con quién estas conectando en realidad. Se sabe de jovencitas que creen estar interactuando con sus pares, cuando en realidad están tratando con pederastas.

Tanto hombres como mujeres pueden engañar al pretender ser alguien salido de sus propias fantasías, y nadie está exento de caer en la tentación de mostrarte en falsos colores. El hecho de que le des a las redes sociales una importancia desproporcionada en tu vida debiera ser prueba suficiente para ti de que necesitas ajustar tu visión de las cosas.

Hubo una época donde los cambios en la sociedad se daban muy lentamente, tan lentamente que eran necesarias generaciones para notar esos cambios. Después de la revolución industrial y el crecimiento exponencial de la tecnología, vemos tantos cambios dentro de una sola generación que es con mucha dificultad que logramos mantener el paso con lo que se va poniendo de moda. Las relaciones interpersonales han cambiado también y eso conlleva grandes retos, pues lo que hace veinte años era una manera de hacer las cosas, ahora es extraña a nuestros sentidos. Aún recuerdo que, al ir a un club nocturno, era costumbre para el caballero desplazarse por el lugar hasta la mesa de alguna hermosa dama con la finalidad de invitarla a bailar. Una vez aceptaba la pareja, nos desplazábamos al centro del lugar a una pista de baile y allí nos disfrutábamos al ritmo de la música. Si vas a algún club nocturno o como se le llama hoy, "Antro", te darás cuenta de que las pistas de baile ya no existen y que la gente simplemente baila alrededor de su mesa. Debo de decir que la manera de "ligar" ha sufrido cambios también. El punto es que sin importar los cambios en la manera como los seres humanos interactúan, su naturaleza, biología y razonamientos básicos no han cambiado. Seguimos siendo los mismos homínidos que queremos aparearnos y de igual manera tener cómplices de vida, amigos que nos acompañen a cazar, a buscar hembras o machos, según sea el caso.

A la luz de lo que hemos considerado, podemos tener la tranquilidad de que el deseo natural de tener un compañero de vida o un amigo no es solo nuestro, sino de todos los que nos rodean. Todos los seres humanos desean en algún punto tener amigos con los cuales compartir y departir. No estás solo o sola en esa conquista.

¡Cobra animo! Convive, conecta y has amigos como lo hacían nuestros abuelos en el plano de la realidad física y seguramente te descubrirás como una persona interesante, divertida, confiable, leal y muy digna de que tu amistad sea el tesoro invaluable de alguien más. No dudes en invertir en ti, en cultivarte, en hacer de tu compañía algo interesante, pues aquel que nutre su alma, acumula un tesoro que otros quieren ver compartido. Pero si no te esfuerzas por ser el amigo o amiga que tú mismo anhelas, es posible que te sea más difícil de lo que esperas el conseguir amigos.

Seguramente después de considerar los miles de "amigos" que pudieras tener en tus redes sociales, y comprendiendo que solo son cifras que en realidad no dan sentido a tu vida, sea tiempo de que, como Pinocho, pienses que es tiempo de dejar de ser de madera y conviertas a tus amigos imaginarios en personas reales de carne y hueso. Personas que a las que puedas contar tus más íntimos secretos con la confianza del respeto y discreción necesarios.

O tal vez te descubras una persona completa que no requiere testigos de vida, y la amistad más que una búsqueda constante de un alma que anhela compañía sea el resultado de una soledad plena, que, siendo fuente de tus más hermosas inspiraciones, motive a otros a interrumpirla por el simple hecho de estar allí, donde tú estás, por que donde tú estás, ellos también encontrarán la paz.

CAPÍTULO VI
EL SECUESTRO DE LA FE

A lo largo de la historia se han registrado un sinnúmero de religiones, de creencias, de sectas, de maneras de ver la vida y de interpretar los fenómenos naturales, y hay aquellos eventos que han estado tan fuera del alcance de la comprensión humana que quedan etiquetados como sucesos sobrenaturales, milagros y expresiones divinas. Todo este cúmulo de creencias han provocado en la humanidad no solo las divisiones naturales de la discusión o el desacuerdo, sino las más salvajes persecuciones, guerras, genocidios y todo tipo de horrores en el nombre de tal o cual divinidad o credo.

Lo que pocas personas se han detenido a pensar es el hecho de que todo tipo de cruzadas, guerras y exterminios étnicos en nombre de la religión, han sido invariablemente ordenadas por personas que dicen tener comunicación directa con su dios o dioses, pero nunca se ha visto en tiempo real a un dios al frente de la batalla o sobre una nube motivando a sus guerreros. Cuando hablo de tiempo real, me refiero en el justo momento en el que sanguinariamente despedazan a los "herejes", incrédulos o "infieles". Claro está que los registros religiosos hablan de dioses al frente, pero como sabemos, siempre son relatos que acontecieron miles de años en el pasado de manera que no hay ni testigos vivos, ni registros fidedignos de fuentes externas, y que decir de registros arqueológicos confiables.

El caso es que, en este mismo día, en algún lugar de la Tierra hay personas persiguiendo a otras por motivo de la religión y es interesante que ahora que hay manera de hacer registros videográficos, esos dioses no aparecen por ningún lugar. Eso sin mencionar que los famosos milagros o portentos divinos han ido disminuyendo en la medida que la gente se educa o tiene manera de grabar dichos eventos. Por cierto, hablando de milagros, a la fecha no hay registro histórico que alguien haya recuperado un miembro de su cuerpo que haya sido amputado. Eso sí sería un milagro digno de videograbar.

Las religiones a través de los siglos se han desempeñado como principal método de control, y por sostener todo su sistema de creencias en las más ridículas de las afirmaciones, necesita imponerse a la fuerza donde quiera que desee expandirse y mantener ese control mediante la ignorancia impuesta o el conocimiento condicionado.

Pudiéramos decir sin temor a equivocarnos, que del total de religiones que han existido, sería muy difícil encontrar alguna que no tenga las manos manchadas de sangre. Cuando confrontamos a algún religioso acerca de estos hechos históricos, solo aciertan a decir que tal o cual dios no causo aquel mal, sino algún seguidor que en su fanatismo malinterpretó los mandamientos de tal dios. Sin embargo, en los libros sagrados de algunas religiones, es su dios quien instiga, ordena o lleva la delantera en el exterminio de los no creyentes.

Yo diría que la aberración máxima no la han cometido esos fanáticos religiosos, sino sus dioses, quienes se han limitado a solo observar desde el fundillo del universo, sin intervenir para defender al inocente y reprender la intolerancia asesina.

Al observar de cerca las religiones, encontraremos que las personas que las forman tienen un nivel dispar de fe, es decir, mientras que unas tienen un envolvimiento profundo en las actividades o ministerios de su religión, otros miembros están en un modo más "equilibrado", es decir, que tratan de obedecer los preceptos de su religión, pero al mismo tiempo tratan de pasar desapercibidos en el entorno fuera de su iglesia, y los hay que son algo así como sancochados. Ni bien cocidos ni totalmente crudos. Son aquellos que responden al llamado de su religión cuando hay eventos en su iglesia. Sin embargo, sin importar el grado de envolvimiento de los individuos en su religión, todos ellos se convertirán en caudillos feroces a la hora de defender sus creencias como verdaderas. La fuerza que determina su grado de compromiso es de acuerdo con sus propias afirmaciones: la Fe.

Cuando hablamos de la fe, damos por sentado que es una característica intrínseca de las religiones, que la fe es la fuerza motivadora tras las actitudes y conductas de los creyentes. Es decir, entre más fe tiene una persona, más real será para sí su dios y, por tanto, tendrá más motivación a la hora de respetar los preceptos de su religión y de igual modo será más real tanto la existencia de su dios, como las promesas divinas de un futuro bajo el cuidado perfecto de ese dios. De ahí que cuando alguien manifiesta incredulidad, se le dice que lo que requiere es fe.

Pero ¿Qué es realmente la fe? Antes de tratar de explicarlo, tenemos que establecer que la fe ha sido auto atribuida por las religiones, ha sido secuestrada y hecha propiedad de aquellos que la usan como fuerza adoctrinadora en la voluntad de los que ciegamente creen en ellos. Lo anterior es al punto de que los creyentes creen que entre mayor es la fe, la visión del razonamiento es menor, ya que la fe según sus lideres, debe ser llevada sin los cuestionamientos que nacen del análisis gobernado por la lógica. Básicamente para las religiones la fe debe de ser como la justicia: ciega. Es fácil encontrar escritos religiosos que te animan a no pensar, sino simplemente confiar en lo que sea que se te quiera enseñar. Un ejemplo de ello es lo registrado en la biblia que dice: "Confía en dios en todo tiempo y no te apoyes en tu propio entendimiento" – *Proverbios 3:5 y 6*

Sin embargo, la biología tiene otra definición y por tanto una respuesta más acorde con la realidad observable.

La fe es un mecanismo maravilloso, un motivador a nivel genético sin el cual no pudiéramos funcionar ni procesar a nivel conceptual los eventos presentes y futuros. Es decir, la certeza de que el futuro tendrá un resultado esperado sea por calculo consciente o por suposición instintiva. Nos ayuda a gestionar en el presente la información que no podemos comprobar debido a que el alcance de nuestra capacidad en determinado momento es limitado y comprender cierta información en momentos es casi imposible. Pongo un ejemplo: En el proceso de aprendizaje hay muchos datos que nos resulta muy difíciles de comprobar o de comprender y debemos de darlos por ciertos para que otros datos tengan sentido. En esa línea de razonamiento podemos considerar la distancia entre la Tierra y el Sol, que según cálculos están separados por ciento cincuenta millones de kilómetros y que a la luz que emite el Sol le toma ocho minutos llegar a la Tierra. A una persona sin acceso a un telescopio y sin conocimientos de cálculo, sin mencionar la física de los cuerpos celestes, pues le es prácticamente imposible comprobar esa afirmación de modo que simplemente deposita su fe en ello. De igual manera la composición de nuestras células, cromosomas y que decir de la tabla periódica. No pudiéramos avanzar en nuestros aprendizajes si quisiéramos comprobar toda información que recibimos. Claro que el pensamiento crítico nos ayuda a cuestionar **información clave**, pues el resultado de nuestro análisis puede cambiar toda la perspectiva de nuestro conocimiento. La diferencia entre las religiones y la ciencia es que la fe en la religión es irrefutable, mientras que, en la ciencia, todo conocimiento puede ser cuestionado y puesto bajo análisis.

La fe es necesaria para adquirir conocimiento y gestionar incluso nuestras expectativas en el futuro. La confianza por otro lado es la certeza de un valor adquirido. Muchos confunden la fe con la confianza y ésta última es un mecanismo diferente que funciona con certezas comprobadas. La confianza se aplica una vez que un ente prueba ante nosotros ciertos valores de certidumbre. Un ejemplo es aquella persona que por ciertos actos motiva a otros a darle en custodia niños, casas, objetos de valor y dinero, entre todo lo que puedas imaginar. Muchas personas pagan consecuencias muy altas por depositar su confianza en personas que no la habían ganado. También está la confianza hacia las cosas, que por un funcionamiento adecuado nos hace tener la certeza que cumplirán su propósito, como un automóvil en buen estado.

La confusión en cuanto a lo que la Fe representa, se debe a que desde hace mucho tiempo ese mecanismo fue secuestrado por las religiones, y es por ello por lo que cuando alguien no es creyente en alguna divinidad, inmediatamente se afirma que esa persona no conoce la fe. Es defendida como cualidad única de aquellos que ciegamente creen sin importar si lo que postulan es descabellado o no. Tenemos que recordar que la gran mayoría de creencias están basadas en supercherías, creencias que se estructuran a partir de la ignorancia. Por eso es por lo que cuando analizamos las respuestas de la religión a los fenómenos naturales, sus explicaciones las encontramos inverosímiles, ilógicas y hasta infantiles. Sus interpretaciones del universo hacen que sean capaces de impartir relatos que apoyen su adoctrinamiento, relatos que, como sus conceptos, tienen el mismo nivel de posibilidad: Ninguna.

Me permito poner un ejemplo: Según el relato bíblico, el dios de los judíos habría de eliminar la maldad de la tierra mediante un diluvio, por lo que ordenó a su siervo Noé construir un arca en la que habría de resguardar una pareja de cada especie de animales, con la finalidad de que sobrevivieran y que cuando la Tierra se librara de tanta agua, los animales repoblaran el planeta. Ese relato lo puedes encontrar en el libro de Genesis, capítulo siete en adelante. Las preguntas en relación con este relato son muchas y cada ateo "miserable" tendrá alguna, pero yo me pregunto: Los pingüinos, los canguros, los koalas y los demonios de Tasmania, ¿Caminaron desde la Antártida, Australia y Tasmania? Porque para empezar son islas o continentes rodeados por agua. Tendrían que haberse desplazado hasta el territorio cerca de lo que hoy es palestina. Tendríamos que considerar la distancia y el tiempo que les tomaría llegar, pero no solo eso, sino que, ya pasado el diluvio, tendrían que regresar a su lugar de origen, pues como lo muestra la zoología, esos animalitos son autóctonos de esa región, es decir, no se les encuentra en ningún otro lugar en el planeta.

Cuando expones cuestiones como esa a personas con gran "fe", te miran como tal vez tu mirarías a un niño de tres años con preguntas bobas. Con gran condescendencia te tratan de explicar de manera que hace sentido solo a ellos, como dios tiene maneras de hacer las cosas que nosotros no entendemos. De ahí que sus lideres les digan que la lógica debe ser repudiada a favor de una confianza absoluta a los dichos de algún libro sagrado o a las interpretaciones de tal o cual profeta.

Es tal la tergiversación de los conceptos ideológicos que abanderan, que la esencia misma que presumen las religiones se pierde, por ello vemos a cristianos que debieran regirse por el amor altruista de su supuesto maestro Jesús de Nazareth, transformarse en auténticos energúmenos a la hora de defender sus puntos de vista. Los cristianos son amorosos solo cuando aceptas sin objetar la prédica que te llevan a la puerta de tu casa o comparten desde el púlpito.

Si embargo se aplican a sí mismos sin reservas el término "hombre o mujer de fe", como si tal mecanismo fuera exclusivo de quien tiene apego a determinada religión y si partimos de la razón, entenderemos que en realidad TODOS somos personas de fe.

Al ser un mecanismo genético, lo ejercemos de manera inconsciente toda la vida, pues como ya mencioné, es indispensable para funcionar. Sin embargo, es similar al amor en este sentido: Lo ejercemos de manera inconsciente y en muchas ocasiones es una elección razonada. Aunque el amor es un sentimiento espontaneo al igual que la fe, podemos cultivar tanto una como otra al asignar razones o valores a algo que deseamos amar o en lo cual poner fe.

En justicia de la razón diremos que, así como todos tenemos derecho en escoger a quien o que amar, de igual manera podemos escoger en que o quien depositamos nuestra fe. Hay una cantidad impresionante de personas que han escogido poner fe en divinidades que nadie más ve – dando el beneficio de la duda a aquellos que dicen haber visto o vivido experiencias que dan certeza a sus creencias – y eso es un derecho que tenemos que respetar. Es muy fácil mostrar la debilidad de nuestras convicciones mediante ridiculizar el punto de vista de alguien, sus creencias y manera de vivir. Debemos tener presente siempre que las personas van construyendo sus realidades en base a sus propias percepciones, experiencias y no porque sean muy diferentes a las nuestras tendríamos que descalificarlas, sino más bien considerarlas como otra posibilidad, que a fin de cuentas pudieran ser puesta bajo escrutinio y ante nuestra evidencia ser descartadas. Lo que descartamos son ideas o creencias como parte de nuestro acerbo, pero nunca debemos descalificar a quien decide continuar con ellas.

La fe es una herramienta importante y debe de ser usada con prudencia, pues cuando es nula, el avance de la ciencia se hace imposible y cuando se ejerce de manera desproporcionada, nuestro conocimiento pierde objetividad y se tuerce al punto del ridículo.

Comprender la maravillosa manera como nuestros mecanismos de conducta funcionan, nos habrán de ayudar a ejercitar la más grande cualidad que nos da el conocimiento: La civilidad

La fe ha sido la motivación detrás de los más aberrantes actos de la humanidad y no hay palabras para darle el suficiente énfasis para motivar el cuestionamiento de la intolerancia que aún en este día se manifiesta tanto en creyentes como no creyentes.

Es muy fácil encontrar grupos con puntos de vista diametralmente opuestos discutiendo sin ton ni son. Aunque las personas religiosas basan sus creencias en tal o cual libro, su razonamiento es circular, es decir: "Yo creo que la biblia es la palabra de dios, porque eso es lo que dice la biblia". Habiendo leído lo anterior no es difícil encontrar el gran abismo entre lo que dicen y lo que la lógica dicta.

Tenemos que reconocer que las personas religiosas han logrado acumular una cantidad monumental de conocimientos que apoyan muchos de sus razonamientos y debemos de darles el crédito del esfuerzo que eso representa. Tristemente la fuerza de un argumento no necesariamente es prueba de una realidad absoluta. Yo esperaría que las personas religiosas con gran fe debieran manifestar las cualidades enseñadas desde el pulpito o de fuentes milenarias como la biblia, enseñanzas de sus maestros como Buda o Jesús y ser efectivamente amadores de su prójimo. La realidad es que simplemente siguen por el mismo camino que sus predecesores: En nombre de un dios al que no han visto, siguen vituperando y maldiciendo a todo aquel que no pone fe en el dios que predican. Es el caso que, en este mismísimo tiempo, cristianos persiguen y matan a personas que, aun compartiendo su fe, no son de su misma etnia. Una referencia dolorosa: el país africano de Ruanda.

Hay por otro lado hay una comunidad que, sin estudios formales en biología, astrofísica o incluso antropología, se han unido a una corriente anti religiosa que simplemente descalifica toda creencia ridiculizándola sin comprender que la religiosidad tiene profundas raíces filosóficas, que, aunque no les dan de facto la razón, envuelven los pensamientos que tienen sus principios en la contemplación, la reflexión y la conclusión en razonamientos complejos. Hay personas que son creyentes por precisamente ser inteligentes.

Pero en el caso de los no creyentes que dicen basar su razonamiento en el estudio serio de la evidencia científica, se **exigiría** la aplicación de la tolerancia y comprensión, pues en el constante abanderamiento de la lógica se presume de una capacidad analítica superior. Por ello su **humanismo** debiera superar sus intolerancias y ese dejo de condescendencia hacia aquellos "menos" inteligentes por poner su fe en un ente "superior". Lo cierto es que, en estos tiempos, el ateísmo más que ser la ausencia de un dios inexistente, se ha convertido en la moda que se abandera como prueba de inteligencia crítica. Por ello podemos ver infinidad de personas discutiendo en grupos de redes sociales con la finalidad de mostrar un conocimiento "científico" debatiendo, pero denigrando a todo aquel que manifieste fe en algún dios. Lo cierto es que aparte de ingeniosos razonamientos y coloridas expresiones peyorativas no hay ciencia como parte de un argumento bien estructurado. Cualquier persona con cierto conocimiento científico expresa comentarios ofensivos como si dichos conocimientos fueran tan amplios como los de Carl Sagan o Neil deGrasse Tyson, y que yo sepa, ellos nunca han sido crueles ni mordaces con quien no tiene su nivel académico, humillando públicamente a quien obviamente no tiene argumentos a la altura de la discusión.

La pregunta que dejo en el aire es: ¿Qué diferencia hay entre creer en algún dios y no creer, si nuestras actitudes y conductas son igual de primitivas? Si nos hemos liberado de creencias originadas en la ignorancia, se esperaría en nosotros una actitud diferente hacia la humanidad y hacia aquellos que disienten. Hay que recordar que precisamente los religiosos han perseguidos a los que tienen ideas opuestas. Cabe reconocer que, si nuestras actitudes no son diferentes, entonces nosotros seguimos siendo víctimas o esclavos de la intolerancia al igual que aquellos que continuamente queremos ridiculizar. Ha de llegar el tiempo en el que la humanidad sea liberada de toda religión, y entonces los ateos serán los que quemen en la hoguera a todo aquel que siquiera mencione la palabra "maldita": dios.

La evolución de la sociedad debiera eventualmente producir personas que más que querer imponer un punto de vista determinado, se esfuercen por aceptar la variedad de ideas como verdadero tesoro enriquecedor del conocimiento. El verdadero avance en el desarrollo de la lógica y la razón está en reconocer que las conclusiones que dan los estudios pueden ser diversas, pues las experiencias personales agregan factores que transforman dichas conclusiones en algo único y personal, de modo que los resultados son de facto diferentes aun cuando en su generalidad sean similares. Las matemáticas y otras ciencias exactas nos dan la certeza de resultados constantes, cuando se trata de puntos de vista, conclusiones de lo que observamos, nuestros resultados serán tan variados como personas observen el mismo evento. El reto radica en precisamente respetar la visión personal de la vida de cada persona que nos encontramos, pues en términos de justicia, nosotros mismo quisiéramos ser respetados y aceptados a pesar de tener ideas pendejas según los demás.

Es parte de nuestra biología el obstinarse en sostener nuestras creencias y puntos de vista, ya que la convicción de nuestra razón da certeza a nuestras decisiones. No pudiéramos ser personas determinadas si continuamente dudamos de nuestras ideas, de nuestros motivos, de aquello en lo que hemos puesto nuestra fe. El reto consiste en a veces saber detenernos para reevaluar los pasos que estamos a punto de ejecutar. Un desactivador de bombas necesita de vez en cuando hacer una pausa para reevaluar los procesos que espera gestionar. Sabemos lo que pasará si no duda en ocasiones de su fe. De igual modo el reevaluar nuestras motivos e ideas no es señal de flaqueza, sino de un acercamiento a una realidad: La posibilidad de equivocación es una constante en todo ser vivo.

No hay gran dificultad en entender el lugar de la fe en nuestra biología y al aceptar que es un proceso natural y no una fuerza cegadora de la inteligencia, la podemos integrar de manera consciente a nuestra manera de ver las cosas, entendiendo que el ejercicio natural de la fe es importante en todo aspecto de la vida.

La fe debe de ser liberada del secuestro institucional y ser aceptada y ejercida por todo aquel que desee comprender los vastos confines del conocimiento, escogiendo por supuesto aquellas cosas que nos hagan comprender mejor nuestro entorno, mejorar nuestra vida y por supuesto, nuestras relaciones y trato con los demás.

Todo mecanismo biológico tiene un contrapeso que le permite mantenerse en un nivel manejable, es decir, nuestras emociones y mecanismos de conducta tanto conscientes como subconscientes necesitan otra que se le oponga a fin de que no salga de control. No pudiéramos funcionar si cierta emoción tomara un control total desproporcionado. Por poner un ejemplo, el rencor, que es una emoción agregada a la etiqueta de algo o alguien no tiene consecuencia si se controla con otro sentimiento opuesto, en este caso nuestro mecanismo del perdón, pues aunque dicho rencor sea difícil de eliminar completamente, no llega en la generalidad de los casos tener consecuencias importantes, pues cualquiera entiende que es un sentimiento negativo que incide en nuestro estado de ánimo, por ello es que en aras de nuestro bienestar, entra el sentimiento del perdón. pero si emocionalmente no tenemos la madurez de controlarlo, pues nuestra capacidad de perdonar no ha sido desarrollada a ese punto, puede desencadenar en conductas destructivas, para sí mismo o para aquel de quien albergamos dicho rencor. Muchas personas pierden su libertad por rencores descontrolados.

La fe de igual manera necesita un contrapeso que no le permita hacerse dueña de nuestro pensamiento crítico. Ese contrapeso es sin temor a equivocarme: la duda.

El mecanismo de la duda hace posible que hagamos pausas encaminadas a la certeza, pues la duda pone en tela de juicio nuestras ideas, nuestros pensamientos, nuestro conocimiento adquirido al momento y la viabilidad de nuestras acciones. Sin ese mecanismo la proliferación de las especies sería muy difícil, sino es que imposible. Por poner el ejemplo de una especie "menos" inteligente: Los ñus. Este gran antílope es protagonista de la más grande migración sobre la Tierra cada año, desplazándose entre Tanzania y Kenia, recorriendo miles de kilómetros en busca de verdes pastizales. En su recorrido ha de cruzar grandes extensiones de praderas, pero también ríos, y allí es donde muchos perecen en las fauces de los cocodrilos o ahogados en el rio Mara. ¿Quiénes sobreviven? La naturaleza nos muestra que los más aptos. En su migración tienen que enfrentar una serie de obstáculos o retos a fin de llegar a su destino, y pareciera que los más resueltos, los que tienen mayor fe en sus propias decisiones fueran los que coronaran éxito. Los etólogos han demostrado que son los que albergan una medida mayor de dudas los que sobreviven, pues esa vacilación en sus actos los hace ser cautelosos y, por ende, no son tan "aventados" como aquellos que con confianza se aventuran al rio, sin medir los peligros que encierran las aguas profundas e infestadas de depredadores.

De igual manera, si vamos por la vida poniendo una fe desproporcionada tanto en nuestros propios pasos, nuestro conocimiento y la manera como gestionamos nuestros afectos es probable que terminemos siendo una de tantas víctimas de ese mecanismo. Un ejemplo más. Cuando conocemos a alguien que nos mueve el tapete, que nos gusta, que nos atrae, ponemos en ella una medida de fe, pues todos los cortejos y acciones encaminadas a la conquista están reforzados por esa fe. Entre más descontrolada la fe en esa persona, más interés manifestaremos y las acciones serán más importantes o intensas. Si equilibramos esa fe con la cautela que proporciona la duda, es poco probable que la desilusión de la conquista fallida no sea manejable, y tal vez intrascendente. La fe descontrolada genera una ilusión de proporciones poco realistas, de ahí que muchas personas confundan un trato amable de alguien más con intereses sentimentales con el desastre emocional que eso implica.

La conclusión después de haber dilucidado todo lo anterior pudiera ser: La fe es un mecanismo natural y necesario y necesita ser ejercitado y modulado. Nuestra plena conciencia de qué representa cada uno de los mecanismos de conducta, su manera de funcionar y como afectan nuestro ánimo e incluso nuestra percepción de la realidad, nos ayudarán a gestionar no solo nuestras emociones, sino que nos dará la capacidad de entender cómo otros se sienten, como perciben su realidad y la manera como interactúan con nosotros. Lo anterior es precisamente lo que engloba el mecanismo más importante del amor: La empatía. La empatía al igual que la fe, necesita ser mostrada en alguna medida, pero a diferencia de la fe, su grandeza se manifiesta en la capacidad de demostrarse hacia aquellos que son diferentes a nosotros en cultura, en idiosincrasia y creencias. No tiene mérito si solo la muestras a los que son tan "educados", tan "espirituales", tan "inteligentes" pero que al final del día, son tan intolerantes como tú. El secuestro de la fe es uno de los actos que más confusión ha dado a los valores naturales del ser humano, reflejándose en como las religiones la han usado para manipular las voluntades de todos aquellos que la han ejercitado mediante matar a aquellos que supuestamente debieran amar.

Es tiempo de poner a la fe en su lugar, donde pertenece: En las acciones de todo ser vivo que depende de sus decisiones.

La fe es en realidad, y sin temor a equivocarme uno de los mecanismos más importantes en el proceso del aprendizaje y búsqueda del conocimiento, y tal vez por ello fue por lo que terminó siendo cruelmente secuestrada por aquellos a los que menos conviene: Los chamanes hace miles de años y las religiones hoy.

CAPÍTULO VII
LAS ENVIDIAS SILENCIOSAS

Todo lo que miras por televisión, en el cine, en internet y en los lugares bonitos de tu ciudad, son cosas que te hacen cuestionar si lo que te ha tocado vivir es realmente lo que mereces. Es decir, si eres uno de tantos millones de personas que ha nacido con grandes carencias, notarás que casi todo mundo, excepto tú, disfruta de cosas y momentos que están muy fuera de tu alcance. Es triste decirlo, pero a veces disfrutar una comida en un restaurante lujoso representa el sueldo de una semana de trabajo. Y valla que quisieras vivir la experiencia de ser atendido en mesas de largos manteles.

Por otro lado, tal vez seas de aquellos que nacieron en cuna de seda o te hayas procurado un buen nivel económico y, sin embargo, tienes la frustración de que todo el dinero que posees no te da la oportunidad de disfrutar de relaciones y amistades como quisieras y peor aún, no eres capaz de retener amores y amigos a pesar de tus recursos abundantes.

Esas circunstancias de anhelo constante provocan en ti una habilidad extraña, un poder de aquilatar circunstancias ajenas. Una amargura analítica que te permite a manera de radiografía, ver en los demás, en sus posesiones y circunstancias lo que tú con tanto fervor quisieras tener en tu propia vida y que se te niegan de una manera tan constante que pareciera que tu miseria estuviera decretada de antemano por alguien con un negro sentido del humor.

Todos queremos ser felices, aun cuando muchos no pueden explicar lo que esa palabra significa. Ya desde muy jóvenes tenemos una expectativa de lo que quisiéramos lograr de grandes. Aunque lo que nuestros padres nos inculcan tiene mucha influencia en nuestra visión del futuro, somos nosotros los que secretamente vamos formando el adulto ideal en el que nos convertiremos. Esta construcción es el resultado de nuestro entorno. Nuestros amigos de la infancia tienen sus propias fantasías y al compartirlas con nosotros, incluimos parte de ellas a las nuestras, de modo que la imagen que teníamos de nosotros en el futuro es un revoltijo de todo lo que vimos y escuchamos. Es muy seguro que nuestras fantasías acerca del futuro eran desproporcionadas en relación con nuestra realidad social y económica de ese entonces.

Pero eso no importa a un niño que sueña en tener lo que todos dicen querer. Si hacemos memoria recordaremos que nuestros deseos para el futuro siempre incluían muchas posesiones, viajes, poder y por supuesto, éxito en las relaciones amorosas. De hecho, si te dieras la oportunidad de indagar, encontrarías que los niños de hoy sueñan con precisamente las mismas cosas. A todas las cosas que uno anhela de niño, tenemos que agregar el deseo no menos importante de ser feliz. Es interesante deducir que lo torcido del asunto es que la felicidad es percibida como producto resultante de tener todas las pendejadas de la vida, no del modo contrario, en el que la felicidad en si misma debiera ser la aspiración primaria de los niños y de todos nosotros y que todo lo demás, tendría que ser una consecuencia natural de una persona feliz aplicando sus habilidades y consiguiendo con ello las recompensas de un trabajo bien realizado.

La felicidad es con mucho la palabra constante en todo aspecto de la vida, de tal modo que se vuelve la meta más importante, pero al ser desconocida en definición, es un destino que no tiene ubicación y por tanto un lugar al que muchos aspiran llegar, pero solo se pierden en un rumbo incierto en el intento. Ello resultado de precisamente lo dicho en el anterior párrafo: Nadie busca la felicidad, sino más bien buscan satisfacer sus anhelos superfluos creyendo que la felicidad será de seguro el resultado de sus logros.

Somos observadores por naturaleza pues genéticamente tenemos esa necesidad con la finalidad de aprender de lo que nos rodea. El problema radica en que nuestro poder de observación lo usamos no con la finalidad de imitar cualidades positivas, sino para estar haciendo un balance constante de lo que otros tienen y nosotros no.

El observar la conducta de otros nos da un parámetro de actuación para cumplir con nuestro propio propósito, es decir, al ver en otros individuos determinadas habilidades necesarias para la vida, adquirimos el entrenamiento necesario para sobrevivir y eventualmente reproducirnos. Lo anterior no es una conclusión sacada de mi loca imaginación, es la naturaleza la que nos muestra cual es en realidad el propósito de todo organismo viviente, incluidos tú y yo: La continuidad de la vida. Cualquier otro propósito que pienses tener, es una construcción pendeja producto del adoctrinamiento del que has sido víctima.

Nuestra estructura psicológica ha sido moldeada a través de miles de años, y esa estructura se manifiesta por cómo hemos desarrollado la inteligencia cognitiva como especie. Cada uno de los mecanismos emocionales tiene como propósito darnos las herramientas que nos ayuden a ser competitivos en un ambiente que originalmente era el entorno silvestre y que ahora es la jungla de asfalto. Uno de los mecanismos es nuestra contra percepción, es decir, la concepción de nuestras habilidades y esencia en contraposición de las de los demás. Si no tuviéramos un punto de referencia en relación con los alcances de nuestra especie, no pudiéramos aspirar a realizar las más elementales funciones de las cuales dependemos para sobrevivir. Dicho de otra manera, tú no te considerarías pobre o rico, feo o hermoso, hábil o torpe, si nadie te hubiera dicho que tal o cual cosa existe en contra posición de lo que eres, sea que lo hayas escuchado o lo hayas observado.

Cada persona es única e irrepetible. Pudiéramos ser parecidos, pero definitivamente somos diferentes unos de otros. Esa diferencia está envuelta en diferentes cualidades, fortalezas y "áreas de oportunidad", mismas que son factores determinantes en la manera como funcionamos y el grado de asertividad en nuestras decisiones.

Indudablemente hay personas que "funcionan" mejor en ciertas circunstancias y ante determinadas dificultades desfallecen. Nosotros de igual manera somos muy hábiles para determinadas actividades, pero somos deficientes en la manera como gestionamos otras. Eso es en realidad muy normal.

A pesar de lo anterior, debemos reconocer el hecho de que hay ciertos parámetros que de por sí son naturales y por lo tanto deben de cumplirse. Uno de ellos es la capacidad de cazar o procurar el alimento. Obviamente si vives en un entorno urbano, la manera como obtendrás tu alimento diferirá de aquellos que viven en las selvas, tundras, estepas u otro paraje silvestre, pero finalmente tendrás que mostrar tu valor como proveedor para ti mismo y los que dependan de ti. Otro es la capacidad de buscar o construir un refugio. No pudiéramos protegernos de los elementos si no tuviéramos la habilidad de encontrar donde resguardarnos. En la "civilización" consiste desde una sola habitación en la orilla de la ciudad, hasta una casa con múltiples servicios y espacios. Definitivamente necesitarás un refugio si quieres tener un lugar para ti y para quien desee anidar contigo. Y, por último, pero no menos importante: Tu capacidad de defender tu territorio. Claro que no vivimos en tiempos donde la gente se enfrenta en duelo a muerte como cosa cotidiana, pero sí nos enfrentamos en la competitividad laboral donde nuestras habilidades como guerreros son mostradas por la manera como ganamos posiciones de ventaja en nuestro debatir y negociar diario. Por ello quien no es capaz de retener cierto grado de competitividad quedará rezagado y le resultará más difícil gestionar una posición que le de certeza en su área de competencia o, dicho de otro modo: su territorio.

Por ello es muy importante ir teniendo en la medida que vamos creciendo, puntos de referencia para entender de donde partimos y hacia dónde queremos dirigirnos, y es esa constante necesidad de compararnos con otros lo que nos permite entender como estamos avanzando o quedando atrás en relación con nuestros pares.

Como individuos deseamos estar en la cima de la cadena alimenticia, de la competitividad. Lo anterior está determinado por nuestra genética y la búsqueda constante de liderazgo es parte de ese afán de ser el primero en llegar a nuestra meta, cualquiera que esa sea, pues la meta es puesta de acuerdo con las circunstancias y necesidades del momento. Este mecanismo nos permite ver en otros una competencia natural y el ver el avance de tu competencia sobre el tuyo, dispara ese sentimiento necesario para sobreponer la ventaja, ese mecanismo se llama **envidia**, y como puedes entender, es un mecanismo natural.

Al observar a nuestros pares, vemos en ellos situaciones y condiciones que sin importar si a ellos les resultan satisfactorias o no, a nosotros nos causan incomodidad, al ser cosas que nosotros no tenemos y que imaginamos serían fuente de satisfacción para nosotros. Esa incomodidad es necesaria para motivar en nosotros la voluntad de seguir adelante persiguiendo el cumplimiento de nuestras metas.

El mecanismo natural de la envidia ha sido de alguna manera dañado con el advenimiento de la sofisticación social, ya que el ser humano ya no se conforma con satisfacer las más elementales de las necesidades. Hubo un tiempo en el que el ser humano, al igual que las demás especies, se sentía satisfecho con tres cosas básicas:

Alimento, refugio y familia. En ese orden de cosas la comparación de ti mismo con otros, aunque constante, no disparaba grandes frustraciones a menos que realmente fueras incapaz de satisfacer para ti las necesidades básicas arriba mencionadas. Es el caso que la gran mayoría de machos de la especie era capaz en una medida u otra, dar continuidad a su linaje. Con la evolución de las sociedades, surgieron las necesidades inventadas, es decir, todo aquello que realmente no necesitamos pero que hace de la vida un placer algo más vano. Los humanos empezaron a acumular bienes para sí y con ello adquirieron posiciones de poder y privilegio, con los beneficios que eso conlleva.

Es natural que los parámetros para medir la calidad de vida cambiaron drásticamente, dejando a muchos en la zozobra de saberse en desventaja con otros y con la frustración de entender que, si se comparaban con aquellos prójimos encumbrados, se entendería que su situación nunca seria como aquellos privilegiados. No importa si pudieras entender que metas debías perseguir para lograr ser como ellos, simplemente esas metas se dibujaban muy lejanas.

Es importante mencionar que el trazado de las metas tiene como motivación en primer lugar, las necesidades inmediatas y en seguida aquellas que se saben deben esperar. Si viviéramos en la prehistoria, no pudiéramos dar la misma prioridad a conseguir refugio, si lo que necesitamos es comer, de igual manera el copular si lo que se requiere es refugio para protegernos de algún depredador.

La envidia pues, debe aceptarse como parte de nuestro acerbo emocional. Pero al igual que todas las demás debe de ser modulada para que no tome control sobre nosotros y nuestra manera de tomar decisiones.

Tener en cuenta que es un mecanismo natural debiera darnos la tranquilidad de que al ejercerla no nos alejamos de nuestra naturaleza, entenderlo y mantenerlo en su lugar nos ayudará a evitar muchas frustraciones. Sin embargo, y debido al alejamiento que tenemos de nuestra propia esencia, este sentimiento se presenta de manera desproporcionada y en ocasiones sin justificación alguna, simplemente como resultado de nuestros valores deficientes. Tenemos que tomar en cuenta que una autoestima lastimada es el mejor caldo de cultivo para todas las emociones que al dejárseles el poder de ser exacerbadas, nos dañan.

La envidia como mecanismo es buena, de ahí que haya personas que dicen con cariño: "Te tengo envidia de la buena". Hay circunstancias que nos permiten ver a los que amamos o admiramos tener cosas, lograr metas, incluso vivir con una calidad superior a la nuestra. Los hemos observado luchar y salir adelante desde una situación a veces igual a la nuestra o incluso de un origen menos privilegiado. Es allí cuando esa envidia está matizada con el amor que tenemos por esas personas y lejos de demeritar sus logros, expresamos nuestro gusto y dentro de nosotros se detona un deseo de ser como ellos, de al menos tener las mismas oportunidades, pero ello nacido de esa comparación natural que nos permite medirnos con los demás. Pero es el caso que cuando los que amamos nos superan, sí quisiéramos ser como ellos, pero aun cuando no logremos alcanzarlos, nos da un gozo saber que están bien.

La clave está en entender que el amor y la empatía nos ayudan a darle el matiz adecuado a nuestras emociones, cualesquiera que sean. La empatía es el sentimiento que nos puede ayudar a ver en los logros de otros una simple consecuencia natural de sus esfuerzos. Especialmente al reconocer lo difícil que es para nosotros alcanzar nuestras metas.

Si has logrado conocerte a ti mismo, en tus fortalezas y en tus áreas de oportunidad, serás honesto con cómo te sientes acerca de tus circunstancias y es probable que reconozcas que si hay objetivos que no alcanzas es porque no cuentas con las herramientas que otros sí tienen. No hay nada de malo en reconocer que otros tienen cualidades o talentos que nosotros no poseemos.

Como nota intermedia tendremos que establecer lo siguiente: No es lo mismo Emoción, Conducta y Actitud.

La emoción es un mecanismo de reacción que es disparado por el subconsciente. Al estar en un lugar que al que no puedes tener acceso a voluntad, no tenemos el poder de activar las emociones a nuestro antojo. Si fuera posible, andaríamos contentos todo el tiempo y la tristeza rara vez nos visitaría. Las emociones, aunque involuntarias, son determinantes en la construcción de la conducta, dando dirección a lo que decimos, como lo decimos, lo que hacemos y la manera de hacerlo. Cuando nuestro desarrollo emocional es el adecuado, aprendemos a modular las emociones al punto de poder suprimir su manifestación externa. No podemos deshacernos de ellas, pero si ocultarlas a la vista de los demás. Hay personas que entienden muy bien sus emociones al punto que pueden incluso fingirlas. Pregúntales a los hipócritas.

La conducta es la serie de hechos, dichos y actitudes que asumimos como resultado de nuestras emociones. Es la manifestación observable de nuestra personalidad, de nuestra esencia y nuestros pensamientos. Aunque la conducta es gobernada por nuestras emociones, sí puede ser modulada por la razón, por la experiencia.

La actitud es la aplicación consiente de nuestras emociones. Es decir, las emociones de por sí son disparadas por el subconsciente, por lo que el control de cuando son disparadas no nos pertenece, pero cuando una emoción o sentimiento son invocados por nuestro consciente nos ayudan a alinear nuestros pensamientos al grado que se ponen en sintonía con dicho sentimiento logrando modificar nuestra conducta de manera uniforme y sin picos emocionales y de esa manera se transforma en actitud. Un ejemplo: La aversión o repudio. No podemos negar que esa emoción se dispara cada vez que vemos ciertos objetos o personas. La primera manifestación en nuestra conducta es la manera como nuestra voz, semblante y manera de movernos cambia. De hecho, sin una sola palabra podemos proyectar nuestro rechazo a algo o alguien. La reacción como tal es totalmente involuntaria. Sin embargo, cuando nosotros invocamos conscientemente esa emoción al ver al objeto de nuestro repudio, ya no estaremos mostrando las muecas o gestos que involuntariamente brotaron con la reacción inconsciente, ahora nuestra manifestación uniforme de aversión será una actitud, es decir, un rol constante de repudio, como si de una característica natural de nuestra personalidad se estuviera manifestando. Me tomó más palabras definir la actitud y no por nada, pues son las actitudes la fuerza más influyente en el tipo de resultado que se obtenga en la vida.

El amor, el odio, y muchos sentimientos, así como la envidia, son emociones que continuamente son transformadas en actitudes. Así que tu envidia pudiera estar tomando el control y hacer de ti una persona envidiosa. Y eso se nota.

El poner atención en como otros gestionan su vida es hasta cierto grado positivo, siempre y cuando derivemos de ello el beneficio de aplicar en nuestra vida las cosas positivas que observamos, pero se vuelve contra nosotros sí solo buscamos encontrar en otros las deficiencias que justifiquen nuestros propios fracasos.

Desde nuestra tierna infancia se han puesto delante de nosotros ciertos parámetros de éxito, y se nos ha estado "calificando" nuestro desempeño constantemente, amén de hacernos creer que llegar a tener ciertas posesiones o estatus social es clave esencial para lograr la felicidad, aunque ni siquiera sepamos que es eso. El impacto de ver la realidad es brutal: llegamos ya a cierta edad y nada de lo que se pretendía lográramos se ha realizado. Tenemos una situación económica y social que dista mucho de lo que soñábamos u otros esperaban. Eso por supuesto tiene un impacto devastador en nuestra autoestima y nuestro subconsciente lo registra como otro hueco más en nuestra alma.

Es por ello por lo que cuando observamos a nuestros pares lograr posiciones más ventajosas, esa sensación de incomodidad entra en acción. Nos cuesta reconocer que a otros se les han presentado mejores oportunidades o que simplemente son personas más talentosas que nosotros.

Las conductas autodestructivas no son solo aquellas que están abiertamente encaminadas a hacernos daño a nosotros mismos, como las adicciones o trastornos psicológicos que llevan hasta el suicidio. Hay conductas que de manera silenciosa van socavando nuestra capacidad de gestionar nuestras emociones al punto que la calidad de vida, el estado de tranquilidad y los gozos disminuyen o se vuelven nulos.

Cuando ciertas emociones quitan objetividad a nuestras conclusiones y a veces hasta agregan conceptos fantasiosos, es cuando deben ser moduladas con la razón y con emociones contrapuestas. Tal como el rencor, que, al ser modulado con el perdón, puede llegar el momento en que desaparezca como etiqueta asignada a alguien.

Los envidiosos – aquellos que son dominados exponencialmente por la envidia – no reconocen que las circunstancias y talentos ponen a las personas en ciertos lugares relativos.

El simple hecho de que alguien sea ordenado, disciplinado y dedicado es un factor determinante en su propio éxito.

Pero a nuestro ego eso no le importa, por lo que empieza a descalificar el logro de otros mediante demeritar el logro en sí mismo. He escuchado a algunos afirmar que la situación próspera de alguien "seguro se debe a actividades ilícitas". O decir: "Eso que mérito tiene, si su papá lo ayudó".

En otras ocasiones, nos convertimos en envidiosos silenciosos. Es decir, que, aunque nos sintamos incomodos con la situación de alguien, no lo expresamos abiertamente con comentarios soeces, sino que simplemente nuestra actitud hacia esas personas es seca, hosca y en ocasiones hasta vengativa.

Hay un registro ilimitado de envidiosos boicoteando los proyectos de aquellos a quienes envidian.

En esta época de redes sociales, muchos presumen un estilo de vida que presentan como espectacular y se puede percibir en el solo hecho que agregan tanta gente a sus redes como sea posible, y por supuesto, entre más espectadores tengan, más exageradas serán sus publicaciones. Hay quien vive del ingreso de esa actividad y algunos hasta alcanzan la fama y fortuna. Pero, por otro lado, hay personas que solo tienen agregadas a aquellas que consideran cercanas y sus publicaciones son espontaneas y honestas. Publican con el gusto de compartir cosas buenas, sin afán de impresionar.

En ese contexto se puede ver que algunos miran, pero no comentan gustosos, es más, ni siquiera dan el famoso "Me Gusta".

Es muy natural que cuando miramos a un pariente o conocido vivir una vida que nosotros vemos lejana, nos sintamos abatidos con nuestra situación y simplemente decidamos ya ni siquiera "seguir" las publicaciones de esa persona. El hacer lo que consideramos sano para nosotros es indudablemente la mejor de las decisiones, pero lo que tenemos que vigilar son los motivos que nos impulsan a tomar dichas decisiones. La envida sin control es el peor de los motivadores, pues lejos de mantenernos satisfechos, nos causa una amargura que no permite ver las cosas buenas que sí tenemos.

Es muy famosa la historia donde un individuo desea tener lo que otro posee, pero que no se da cuenta que alguien más lo observa deseando sus propias circunstancias. Aquel que anda en bicicleta quisiera tener un auto, y el que tiene un auto modesto, desea un super deportivo y el dueño de ese deportivo, si conociera al de bicicleta, posiblemente lo envidiara por tener una buena mujer esperándolo en casa.

La felicidad ha sido definida de muchas maneras y sería muy pretencioso el que nosotros quisiéramos imponer nuestro concepto de felicidad a otros. Cada uno de nosotros debe de entender que sin importar lo que la felicidad signifique, de que debe ser construida, si debe de serlo y que lejos de ser un destino lejano, puede ser una realidad aquí y ahora. Sin embargo, no será posible construirla o lograrla si constantemente nos amargamos por los logros de otros.

Nuestra propia situación es con seguridad motivo de envidia en otros, aunque no nos demos por enterados, pues no puedes de verdad creer que eres la persona más jodida, miserable, tonta, desposeída, desabrida y sin talento que existe. Siempre hay alguien que está en una situación en la que la tuya es mejor. Me encontré por ahí en las redes sociales un dicho que a muchos les pareció estúpido al leerse literalmente: "El pobre es pobre, porque quiere". Nadie de hecho quiere ser pobre. A mí me parece que, si pensamos que la pobreza más que ser una condición económica, es un estado mental, entonces sí, el pobre al estarse restregando su condición constantemente mediante comparar su estilo de vida con los privilegiados se denigra y se auto impone ese estado de abandono que tienen las personas sin esperanza, por lo que su estado mental esta así porque él lo quiere.

No importa que tan pobre te sientas, siempre hay alguien deseando lo que tú tienes, sean posesiones materiales o la maravillosa experiencia de estar rodeado por gente que te ama. La realidad es que las cosas que otros te envidian pocas veces tienen que ver con lo que posees. El mayor tesoro que pudieras tener y que otros indiscutiblemente te están envidiando ahora mismo es tu capacidad de retener las relaciones que consideras importantes, la tranquilidad de tener una vida sin las complicaciones que dan las deudas y por supuesto, tu sonrisa constante por ser una persona contenta con lo que tiene. Es sabido que la paz mental es el síntoma inequívoco de la felicidad.

Reconozcamos que la envidia es un mecanismo natural positivo en su debido lugar, pero cuando la convertimos en una actitud es una amargura constante, pues nos pone siempre en la posición de estar viendo hacia arriba, hacia aquellos que nosotros mismos ponemos en un pedestal para estar echando por la borda nuestra alegría. La envidia es un sentimiento espontaneo por naturaleza, pero también es transformada en actitud al ser invocada por nuestros pensamientos. No se puede evitar que nuestras emociones se disparen pues son parte de nuestra biología y por tanto no hay una manera de anticiparlas o eliminarlas, pero si se puede "domar". Logramos disminuir el poder de la envidia cultivando el gozo en el bienestar ajeno. Nuestro agradecimiento por las cosas que sí son nuestras y que disfrutamos con aquellos que amamos hará el éxito de los demás irrelevante en nuestra vida. Recordemos que los demás no están englobados en solo los extraños, pues los demás también incluyen a nuestros hijos, hermanos, amigos, padres y vecinos. No quisiéramos llegar al punto que hasta el bienestar de las personas que amamos o apreciamos provoque en nosotros esa actitud constante que eventualmente los demás notarán. Nos etiquetarán de envidiosos y lo cierto es que esa etiqueta sobre nosotros provocará el círculo vicioso que inicia con nosotros siendo tóxicos para aquellos que nos observan y a su vez nosotros, al ser aislados por ser envidiosos, nos quedaremos apartados, lejos por mucho tiempo y en la distancia viendo como los demás viven una vida más gratificante que la nuestra, porque somos portadores de la más enferma de las envidias silenciosas que de tanto mostrarse se vuelven ruidosas de más.

CAPÍTULO VIII
DE QUE TE VAS A MORIR, TE VAS A MORIR

Desde que el hombre tuvo uso de razón y dispuso de algo de tiempo en sus manos, empezó el inquietante viaje de la mente. Ese torrente de cuestionamientos fundamentales de la vida y empezó la errática aventura de la base del conocimiento: La filosofía.

Quisiéramos pensar que nuestros antepasados prehistóricos tuvieron en su haber grandes encuentros filosóficos y que entre ellos hubo grandes pensadores, considerando que la capacidad mental la tenían como homínidos reconocidos como "sapiens". Por ello algunos imaginan que después de corretear mamuts, tendrían el tiempo para la contemplación y la reflexión. Los visualizamos disertando preguntas como: ¿De dónde venimos?, ¿Cuál es el propósito de nuestra existencia?, ¿Qué sucede cuando morimos? Lamento informarte que eso es poco probable y en un momento te digo el porqué.

Primeramente, tenemos que establecer que estas preguntas se derivan de la observación que hacemos de todo aquello que nos rodea. Pero los procesos que nos llevan a conclusiones concretas se derivan en principio de la información que tenemos a la mano. De igual manera, el origen de cuestionamientos no viene en sí mismo de la ausencia de conocimientos. Dicho de otra manera, si no poseemos ciertos conocimientos como base de nuestros razonamientos, no podemos en origen, concebir preguntas para el análisis y posteriormente dar respuesta a tales preguntas. Lo anterior puede ser fácilmente probado cuando hacemos un pequeño estudio de orígenes de ideas en comunidades donde no hay un estudio amplio de la filosofía. En esas comunidades, las personas pueden ser muy ingeniosas, poseer una inteligencia aguda y sabiduría que se manifiesta en sus valores. Sin embargo, estas personas están embebidas en su vida cotidiana y todas las observaciones están relacionadas con las cosas que hacen en su día a día. Los orígenes son la clave para la concepción de ideas y conceptos y cuando cierta información no está presente, la generación de nuevos conceptos es muy difícil.

Tenemos que considerar un obstáculo insalvable: La transcendencia del conocimiento. Si alguna vez has jugado teléfono descompuesto, entenderás que cualquier información transmitida de manera verbal, tiende a ser tergiversada. – Ese juego consiste en que cierta información sea compartida al oído de alguien que está a tu lado y a su vez esa persona a la siguiente y así sucesivamente, de tal manera que después de tres o cuatro personas, la última que escuchó esa información la dirá en voz alta, y los presentes de seguro se reirán al ver como al paso de varias personas la información se ha distorsionado-. En términos prácticos, entenderás que el conocimiento transmitido verbalmente no puede tener la misma fidelidad que el pensamiento escrito.

La complejidad de los conceptos nace con la complejidad de la mente. Es decir, nuestros antepasados tal como nosotros hoy, construían su realidad a partir de los límites de su conocimiento. No habría muchas cuestiones a debatir con sus pares, puesto que todos tenían en lo general, las mismas observaciones y, por lo tanto, los mismos razonamientos. El desarrollo del conocimiento era tan lento, que tuvieron que pasar decenas de miles de años para que la acumulación de conocimiento pudiera notarse en el desarrollo de las sociedades primitivas. Recuerda que el conocimiento era transmitido de generación a generación solo de manera verbal. Es por ello por lo que muchos conocimientos perecían una vez que algún grupo se extinguía.

El conocimiento es la acumulación, proceso y aplicación de datos o información. Para que ese conocimiento se transforme en algo útil, debe de tener una aplicación en nuestra vida diaria y para ello debe de ser plenamente entendido. Para el homo sapiens prehistórico desarrollar nuevo conocimiento era sumamente difícil, pues no tendría los elementos filosóficos que son la base del aprendizaje, puesto que son precisamente los cuestionamientos filosóficos los que dan la necesidad de respuesta. ¿Por qué el agua corre en una sola dirección en el rio?, ¿De dónde viene el agua que cae del cielo? Preguntas como esas nacen de la observación, y aunque todos tenemos la capacidad de observar, no todos tenemos la capacidad de cuestionar. A fin de probar lo anterior, basta que sepas que millones de personas usan televisiones, automóviles o refrigeradores sin preguntarse siquiera cómo es que funcionan.

No cuesta trabajo entender que nuestros antepasados "usaban" la naturaleza y no se cuestionaban cómo funcionaba. Lamentablemente de haber alguien que sí hizo preguntas y cuestionamientos, no existe ningún registro de tal persona, así que, si en algún momento hubo individuos sobresalientes en sus reflexiones, sus ideas se perdieron una vez que ellos murieron.

Las ideas, las observaciones y el conocimiento en general llegó a ser un verdadero tesoro con el advenimiento de la escritura.

Aquellos antepasados fuera de serie que existieron pero que no conocemos por nombre, hicieron grandes descubrimientos e innovaciones: Se inventó la rueda, se produjo el fuego, herramientas, y muchas otras cosas más a través de decenas de miles de años. Entre innovación e inventos, hubo quienes con gran inspiración artística llegaron a plasmar un registro de las cosas que hacían y observaban mediante sencillos trazos sobre las paredes de sus cuevas, nacían las pinturas rupestres. Estas dieron paso, muchos miles de años después a la escritura ideográfica o de símbolos, que hacían posible la transmisión del conocimiento, aunque con la natural deficiencia de transmitir solo ideas generales. Es con el nacimiento de este tipo de escrituras hace casi ocho mil años, que se dio inicio al registro de las actividades humanas sobre la tierra, y de esa manera se iniciaba la era de la humanidad conocida como "La Historia". Todo lo sucedido antes de este periodo es conocido como "Prehistoria".

En términos generales diremos que, aunque hay registro de escrituras ideográficas desde hace más de ocho mil años, la escritura que definitivamente ayudó a la transmisión del conocimiento de manera realmente efectiva fue la que se originó en Grecia, hace aproximadamente tres mil años. Los griegos fueron los primeros en dar un símbolo a cada sonido fonético de manera tan efectiva que tanto consonantes como vocales tenían por vez primera un símbolo que las representara.

Tenemos que hacer una pausa y reflexionar sobre la verdadera importancia que tuvo la evolución de la escritura en el arranque del desarrollo humano. No creo que haya un logro en la humanidad equiparable a ello. Por fin el hombre podría hacer un registro no solo de acontecimientos, de transacciones, sino una verdadera y autentica acumulación del pensamiento en sus más diversas expresiones y por primera vez con la profundidad que dan las posibilidades ilimitadas de la lógica y la razón.

Al poder plasmar los orígenes del pensamiento, se asentaban las bases del acervo cultural de la humanidad, pues por fin hombres podrían trascender sus ideas más allá de su propia muerte, y de esa manera, permitir el continuo análisis de sus conceptos a través de los siglos. Es el caso que, hasta este día, seguimos discutiendo fundamentos ideológicos originados en Grecia hace más de dos mil años.

El hombre ahora era capaz de hacer cuestionamientos basados en conocimiento acumulado no solo en su propio tiempo, sino todo aquel registrado de generaciones anteriores. Ahora era posible referenciar las observaciones ajenas con las propias, sopesarlas, darles valor o desecharlas, pero finalmente, derivar del conocimiento escrito las conclusiones que habrían de formar conocimiento nuevo.

Las ciencias iniciaron su recorrido a la madurez que dan la certeza de las matemáticas y los razonamientos derivados de la investigación. Estos razonamientos y resultados ahora podrían ser registrados y ser consultados. Las bases del conocimiento moderno pudieron ser establecidas.

Lo anterior abrió la puerta a muchos debates y con ello al consenso que nace de la lógica, del proceso de la razón. Sin embargo, junto con las argumentaciones ideológicas, también llegó la especulación del conocimiento, es decir, la gran e inútil ocupación de saber por saber. Lo explico: El conocimiento debe de tener como propósito fundamental la comprensión de todo lo que sucede a nuestro alrededor. Cuando la información que acumulamos nos ayuda a gestionar nuestras actividades y da a nuestra capacidad de análisis los factores que contribuyen a conclusiones acertadas, podemos decir que nuestro conocimiento es práctico, que puede ser usado, que sobre la base de la experiencia puede ser etiquetado como efectivo y entonces transmitirse a la siguiente generación. La naturaleza muestra que el propósito del conocimiento es precisamente la preservación y continuidad de la vida. Sin embargo, los humanos nos hemos perdido en el mar de tanta información a tal grado que los alcances naturales del conocimiento han perdido su significado original: Ayudarnos a gestionar nuestra vida y ceder a la generación siguiente un acervo que haga posible su avance en los aspectos importantes de la supervivencia.

Dicho de otra manera, los humanos hemos acumulado tal cantidad de conocimientos, que la complejidad de nuestros pensamientos ha hecho posible crear conceptos tan profundos, que es muy fácil perdernos en la infinitud de sus posibilidades. Sabemos tanto de tantas cosas que la sencillez de los procesos naturales escapa a nuestra atención y nos confunde, pues lejos de descansar en la dulzura de la satisfacción intelectual, seguimos tras la comprensión de cosas que al final no nos llevan a ningún lado. Por poner un ejemplo: "Si un árbol cae y nadie lo escucha, ¿hace ruido" – Esta pregunta la registró George Berkeley en mil setecientos diez en su trabajo "Tratado Sobre Los Principios Del Conocimiento". En este propuso una reflexión que trataba el problema de los objetos que no son percibidos-. Honestamente hacer ese tipo de cuestionamientos sobre la sola base de disertar conceptos filosóficos son una pérdida de tiempo y tienen como propósito el adorno de una intelectualidad que se manifiesta sobre el supuesto de que la contemplación de tales cosas ayuda en el desarrollo de la capacidad de análisis. Cabe aclarar que es fundamental para ciertos individuos el constante reto del conocimiento a fin de que sea desarrollado al punto de permitir el avance de las ciencias, pero no es a ellos a los que nos referimos como especuladores del conocimiento, sino a todos nosotros, quienes sin tener un propósito especifico de investigación científica, nos adentramos en cuestiones filosóficas que como ya mencioné, no nos llevan a ningún lado.

Muchos de nosotros hemos tenido la oportunidad de escuchar a nuestros abuelos, que, sin los adornos del exceso de conocimiento, han sido capaces de transmitir los más puros conceptos de vida, valores de ética y observaciones profundas que muestran evidente sabiduría. Sus apreciaciones filosóficas no vienen de corrientes griegas puristas, sino de la aplicación práctica de la filosofía misma.

Con lo anterior, pudiéramos aceptar que nosotros mismo tenemos la capacidad de generar conocimiento de nuestras observaciones, pero es la especulación del conocimiento lo que logra obstaculizar el propósito primordial del conocimiento mismo, pues al ser acumulado sin propósito alguno no nos ayudará en nuestra práctica diaria de la vida. Nos convertimos en ruidosos estereotipos del ignorante que se considera sabio. Pero si, por otro lado, el conocimiento que generamos tiene que ver directamente con el mejoramiento de nuestras actividades diarias y nuestra interacción con nuestros pares, entonces habremos de recoger los frutos de reflexiones prácticas.

Recordemos: Los procesos filosóficos complejos no se dieron como manifestación de inteligencia sino hasta que nació la escritura, pues con el registro de bases primordiales, nació su estudio y con ello la madurez del pensamiento como proceso de análisis.

Primeramente, tenemos que partir del hecho que la filosofía como la conocemos hoy se originó hace apenas dos mil quinientos años aproximadamente, en la antigua Grecia. Esta filosofía es definida como la contemplación de la vida y la interpretación de su propósito y es tan extensa que consta de varias corrientes del pensamiento originadas por maestros que en sus observaciones trataron de dar una comprensión a la complejidad del actuar humano, sus motivaciones y finalmente su trascendencia como ente consciente. Sin embargo, la filosofía como mecanismo necesario para motivar el aprendizaje siempre ha existido. La palabra en sí tiene el siguiente significado según el diccionario de la RAE: "Conjunto de saberes que busca establecer, de manera racional, los principios más generales que organizan y orientan el conocimiento de la realidad, así como el sentido del obrar humano".

Pudiéramos decir que la filosofía es un proceso natural de nuestra mente, pero por ser un mecanismo de la inteligencia que se estructura de manera compleja, su manifestación es mínima cuando no hay las bases del cuestionamiento racional, y como está establecido, el cuestionamiento nace de la necesidad de complementar conocimiento previo para agregar opiniones de análisis y así acrecentar la comprensión de aquello que se cuestiona y si tal conocimiento previo no existe, los porqués no tendrán razón de ser. Para entender lo anterior pondremos el siguiente ejemplo: Cuando nacemos nuestro cerebro no tiene ningún conocimiento razonado, pues somos prácticamente un libro en blanco. Nuestra manera de ir asimilando nuestro entorno se basa solo a estímulos sensoriales y una vez iniciamos el aprendizaje del lenguaje, empezamos a estructurar conceptos de manera ordenada en nuestra mente. Una vez nuestra comprensión del idioma materno alcanza cierta madurez, nuestro cerebro inicia la constante de cuestionamientos sobre la base de lo que ya aprendimos o comprendimos, de ahí que la estimulación a los infantes sea tan importante, ya que esa estimulación hará posible el sano desarrollo de la curiosidad, que motiva la constante de preguntas del porqué de las cosas. Pero, si no hay suficientes estímulos en el entorno, el niño simplemente perderá interés en cuestionar y por lo tanto no desarrollará su capacidad de análisis de manera plena. Podemos notar que entre más información un niño tenga a su alcance, más preguntas hará cuestionando las causas de aquello que se le enseña. El mecanismo filosófico crece en la medida que se nutren los orígenes, es decir, el conjunto de conocimientos básicos que dan las razones de ser al cuestionamiento.

Por lo anterior comprendemos que cuando una persona gusta de leer, de informarse, de saber, desarrolla un patrón de pensamiento crítico más avanzado que aquellos que no tienen interés de aprender para comprender. Son los primeros años de nuestra vida los que definirán nuestro apetito por conocimiento nuevo. Nuestro cerebro alcanza en cierto punto una madurez que definirá no solo su capacidad intelectual, misma que obtenemos por lotería genética, sino sus patrones de aprendizaje que sí podemos desarrollar de tal modo que, si de niño no se desarrolló cierta capacidad de absorber conocimientos, de adulto será más difícil aprender nuevas cosas, y no solo aprenderlas, sino procesarlas al grado de eventualmente poder cuestionarlas.

El "logro" del hombre contemporáneo ha sido el que su conocimiento ha transcendido los campos de la física – la realidad observable – y ha buscado entender aquello que no es observable en nuestra realidad visible a través de la metafísica. Mediante esta última se tratan de explicar aquellas cosas que no pueden ser entendidas con solo la lógica y que se encuentran solo en las profundidades del pensamiento humano, ya que la naturaleza es completamente ajena a esta rama de la filosofía – No veremos nunca a un perro preguntándose si ser o no ser es la cuestión -.

La metafísica es para Yours Truly una travesía inútil del pensamiento, o dicho claramente: conocimiento especulativo.

He observado que muchas de las cuestiones existenciales no nacen de nuestras propias observaciones, sino que en su gran mayoría son motivadas por información que recibimos de alguna fuente exterior. Es decir, si somos honestos, reconoceremos que por lo regular las personas no buscan responder preguntas como: ¿Por qué estamos aquí?, ¿Qué sucede cuando morimos? Nuestra mente tiene su propia delimitación, y está condicionada a su entorno y los conocimientos que hayamos acumulado. Por ello es por lo que cuando estamos envueltos en nuestras actividades y encontramos cierto grado de satisfacción en ellas, rara vez nos detenemos a contemplar aspectos existencialistas. Las personas que consideramos "menos" educadas tienen en su mayoría un grado de contentamiento con su estilo de vida, que no se molestan en saber de dónde "venimos" o siquiera a donde "vamos", puesto que las respuestas dadas por sus tradiciones les llenan lo suficiente como para no darle importancia adicional.

Ciertamente algunos eventos nos hacen reflexionar y en ocasiones sí nos hacemos preguntas como: "¿Por qué morimos?, ¿Por qué permite dios la maldad?, ¿Por qué dios no me escucha? Entre muchas otras. Estas preguntas tienen el disparador filosófico de información previamente registrada.

No cuesta trabajo entender que el adoctrinamiento que hemos recibido desde pequeños es el factor determinante a la hora de generar cuestionamientos.

Entendemos la trascendencia de nuestros pensamientos y ello nos lleva buscar respuestas fuera de la naturaleza a la innegable pregunta: ¿Es esta vida todo cuanto hay? Primeramente, tenemos que entender quiénes somos en realidad y cuál es nuestro papel en el gran arreglo cósmico, en el engranaje del universo y comprender nuestro propósito como especie y finalmente, nuestro valor real para todas las demás especies. Comprendiendo lo anterior podremos finalmente responder esas preguntas que han venido inquietando a la humanidad desde que se plantearon hace ya casi tres mil años.

Los humanos como especie han existido sobre la tierra por decenas de miles de años, y es evidente que su inteligencia ha sido constante durante esos miles de años. La diferencia entre aquellos que vivieron hace cien mil años en las planicies de África y nosotros radica en un solo factor: El conocimiento disponible. Lo anterior nos hace pensar que sus conclusiones e inquietudes eran con mucho muy diferentes a las de nosotros, basta ver como sus circunstancias de vida les debieron de dar una visión muy diferente del proceso natural más universal de todos: La muerte.

Para el hombre prehistórico la muerte era la constante definitiva, pues todo lo que hacía estaba directamente relacionado con ella. El simple hecho de tener hambre representaba la muerte para alguien más. Esta realidad cotidiana lo hacía percibir plenamente que la muerte era parte intrínseca de la vida. Morir no era un proceso que se tendría que evitar, sino aceptar con la sola resistencia de sortear los peligros inmediatos para en una medida asegurar ver la luz del siguiente día.

Fueron las supersticiones inventadas por los chamanes quienes, en su afán de control, impusieron explicaciones inverosímiles a procesos que la naturaleza mostraba sin misterios y con la crudeza de la realidad constante. Pero, aunque con el paso de miles de años esas supercherías se fueron refinando, para aquellos humanos no había mucho que pensar en relación con su posición relativa en el universo, simplemente transitaban por la vida cumpliendo el propósito fundamental asignado por la naturaleza: Nacer, crecer, reproducirse y morir. Sí, así de simple.

La expectativa de vida era otro factor determinante en la manera como los humanos gestionaban su búsqueda de conocimiento. Al tener un periodo breve de vida – 30 años en promedio -, se daba importancia a la supervivencia y al entrenamiento de las nuevas generaciones. Al vivir en un entorno extremadamente hostil, la vida se desarrollaba en una constante alerta y actividades encaminadas a la búsqueda de alimento, refugio y defensión ante los depredadores y enemigos de su misma especie. No había tiempo de reflexiones ni búsqueda de comprensión más allá de las cosas que enfrentaban constantemente y ya mencionamos que al no haber escritura, pues de haber habido reflexiones, simplemente no fueron registradas para un posterior cuestionamiento.

Entender que la posibilidad de registrar el conocimiento dio pie al confrontamiento de las cosas que el hombre había aprendido, nos ayudará a entender también que muchos de esos cuestionamientos dieron origen a conclusiones que la religión abrazó con gusto al reforzar muchas creencias que antes no pudieran explicar. Los griegos regalaron un concepto retorcido de la naturaleza humana: El alma inmortal.

Aunque en la antigüedad las personas creían que había una zona espiritual donde habrían de partir una vez que murieran, no había una explicación que encontrarán lógica para ese evento que esperaban alguna vez sucedería. No estamos hablando de la gente común, quiénes es en realidad no tendrían tiempo de pensar en esas cuestiones, estamos hablando de aquellos más interesados en seguir controlando a los demás a través de los miedos, es decir, los sacerdotes o chamanes. Aunque los egipcios y babilonios creían en el alma que sobrevive a la muerte, la filosofía la explicaba a partir de una supuesta lógica y razón. Ahora que los filósofos griegos expresaban la existencia del ser y del pensar a través de una energía etérea concedida por los dioses, estos sacerdotes tenían ya una manera más coherente de explicar la naturaleza del mundo espiritual. Además de lo anterior, el ser humano común encontraba en esa explicación un consuelo que lo diferenciaba de las demás especies animales: Ahora tenía la ilusión de poder vivir para siempre. Como muestra de cómo la inserción de ideas descabelladas es posible en el hombre contemporáneo, basta ver lo que la obra de Dante Alighieri, "La Divina Comedia" hizo con el cristianismo al darle la descripción del infierno, misma que por siglos sembró el terror al castigo eterno en miles de mentes comunes.

La humanidad ha adoptado con el pretexto de conceptos filosóficos, una serie de creencias que le hace concebir en sí misma una superioridad sobre todas las demás especies, al ratificarse continuamente que esta vida es solo un breve tránsito a una existencia más plena en una dimensión sin los sufrimientos e inquietudes que son propias de absolutamente todas las especies sobre la Tierra: Hambre, frio, desesperanza y finalmente la muerte, pero como hemos visto, al final del día no importa lo que hayamos aprendido en relación a las diferentes maneras de ver la vida y la muerte, pues esta última llega a todo ser vivo sin aviso previo, con la salvedad de aquellos que por su edad o frágil salud de alguna manera la ven venir y con natural resignación la aceptan como suceso inevitable.

El adoctrinamiento del que hemos sido víctimas desde pequeños, con el reforzamiento filosófico del conocimiento especulativo, ha hecho de nosotros personas alejadas de la naturaleza. Y en ese apendejamiento colectivo nos perdemos pensando que no habremos de morir y continuamos por la vida con una angustia silenciosa que lo que logra es entumecer nuestra capacidad de vivir el momento que sí es nuestro. Es por eso por lo que lamento informarte que a pesar de que tengas grandes planes para cuando finalmente expires, es seguro que esos planes no los verás realizados pues una vez mueras, tus planes, ilusiones y expectativas morirán contigo. Se que has invertido mucho tiempo estudiando religión o tal vez te has enfrascado en preguntas existencialistas que ya hemos mencionado, tales como: ¿Por qué estamos aquí?, ¿Qué sucede cuando uno muere? Y muchas otras más.

Sin embargo, sin importar cuan profundos sean tus pensamientos y coloridas tus filosofías, la muerte te alcanzará como final definitivo a tus fantasías aprendidas.

No hay absolutamente nada especial en ti que justifique tu existencia en otro plano una vez que tu cuerpo deje de funcionar. No eres más importante que el resto de los seres vivos con los que compartes el planeta. Es evidente que te crees único y tal vez sea una pretensión exagerada de tu parte el creer que de verdad un ente superior ha preparado un lugar especial para alguien tan espectacular como tú.

Habrá que dejar de ser víctima de un adoctrinamiento filosófico de generaciones pasadas que lo único que han hecho patente es su servitud a tanta superstición producto de la ignorancia de sus chamanes.

Si nos diéramos el tiempo de apartar nuestra atención al bullicio de la "civilidad" en la que nos encontramos y volviéramos nuestra mirada a aquel lugar del que fuimos arrancados, la naturaleza, veríamos asombrados que somos la única especie que espera angustiada la hora de la muerte. Los demás animales la esperan con la resignación del que ya ha vivido, ha tenido crías y cuya única posesión es su cuerpo cansado y viejo.

Somos los humanos los únicos que, en realidad, nos hemos creído el cuento de que no somos hijos de la tierra, crías de la naturaleza, hermanos de las demás especies. Hemos construido la fantasía de ser hijos de alguien que se tomó la gran molestia de crear un universo y lo que hay en él para ser puesto a disposición de nosotros, humanos que hemos demostrado ser los menos dignos de habitar este planeta.

Queda reconocer que nuestra vida es el regalo que nuestros padres nos han dado para ser vivido.

Levantemos la cabeza, erguidos como la especie evolucionada que somos y afrontemos nuestro fin con la dignidad del que ha vivido, ha peleado y ha vencido, pues la muerte compañeros, más que ser el fin de nuestra existencia, es además el resumen de nuestra vida, que de haberse vivido plenamente tal vez nos pueda parecer al momento de expirar, maravillosa.

CAPÍTULO IX
EL ESPEJISMO DE LOS SUEÑOS

Estamos tan profundamente ligados con los conceptos de éxito que nos han vendido, que mucho del tiempo estamos soñando con grandes logros, titánicas hazañas y vidas de ensueño. En realidad, soñar despiertos es con mucho, una de las cosas más inútiles en las cuales invertir nuestro tiempo y energía mental. La ilusión de circunstancias diferentes y mejores es para muchos el motor o aliciente que les motiva a seguir en la lucha, en la carrera del burro tras la zanahoria.

Disertemos.

La naturaleza ha mostrado ser el modo de sabiduría que, a pesar de haberse probado ante nosotros como la gran maestra, es en realidad a la que menos escuchamos. Al observar los ecosistemas podemos ver la infinidad de especies de animales que cumplen con el propósito fundamental que la evolución les ha asignado: sobrevivir y reproducirse. Entre los miles de especies que viven sobre este planeta encontramos desde plantas, insectos, peces, mamíferos y todo lo que resulte. Lo interesante es que cuando vemos este conjunto de seres vivos espectacularmente variado e inmenso no encontramos una razón lógica ni razonable de por qué el hombre ha de considerarse a sí mismo una especie aparte.

Hemos discutido ya cómo es que el adoctrinamiento de las religiones ha extraviado al ser humano al punto que lo ha arrancado de la naturaleza, haciéndole creer que es un hijo de dioses creadores y que toda la demás creación es solo parte de un gran accesorio dedicado a complacer y mejorar la existencia del hombre sobre la Tierra. Pero esto no fue siempre así.

Hubo un tiempo, hace miles de años, en el que el hombre era un cazador-recolector. Su vida giraba en torno a las manadas de diferentes especies, a las cuales seguía para cazarlas y así procurarse el alimento y el abrigo que necesitaba. Su constante preocupación era poder tener el refugio y las condiciones propicias para poder reproducirse, es decir, que sus pequeños pudieran contar con un mínimo de cuidados que les permitieran sobrevivir. Tal vez sea difícil para muchas personas hoy el tratar de imaginar que era lo que aquellos humanos prehistóricos pensaban en cuestión a su futuro, que conjunto de ilusiones formaban sus sueños.

Si te tomas un minuto para considerar la situación de vida de aquellos individuos, pudieras llegar a la conclusión de que para ellos el soñar despierto era prácticamente inexistente. Lo pudiéramos explicar así: Nuestros pensamientos son construidos por las cosas que observamos y sabemos, es decir, en nuestra época miramos nuestro entorno y de allí aprendemos, pero también adquirimos conocimiento de los medios, tanto lectura como televisión, internet y nuestro teléfono inteligente. Para las personas de la prehistoria, su aprendizaje estaba relacionado a lo que pudieran observar en su entorno inmediato y a lo que personas con más experiencia les pudieran enseñar. Es muy probable que tú no hayas tenido la oportunidad de pasear en un lujoso yate, y tal vez nunca has estado cerca de uno. Sin embargo, al saber de él, puedes integrarlo a tu acerbo de cosas guardadas en tu mente y si te lo permites, hasta puedes desearlo, al punto de pensar tanto en él que eventualmente te visualizas disfrutando de su tina de hidromasaje con tu copa de champán y exquisita compañía, sin necesidad de esperar a estar dormido. Muchas personas sueñan despiertas con las cosas que llegaron a conocer mediante revistas o la televisión.

Junto con las cosas que puedes desear, hay también posiciones sociales o de estatus, que al comprender que son situaciones que elevan tu valía como persona ante otros que son como tú, las sueñas parte de tu vida. Sin embargo, para las personas de la prehistoria, no existían ni yates, ni lujos, ni estatus tan exacerbados que pudieran ser una constante en su lista de deseos. Las cosas que pudieran desear estaban prácticamente a su alcance y eran tan básicas que casi todos las conseguían y la prueba de ello era que seguían vivos, pues aquel que no era capaz de satisfacer sus necesidades no pudiera seguir viviendo. En aquel entonces la supervivencia de los más aptos era la norma cotidiana. El Alimento, el refugio, una pareja, hijos y la supervivencia eran en lo general, las únicas necesidades que aspiraban satisfacer. Así que queda más que claro el hecho de que aquellas personas no soñaban despiertas anhelando las mismas cosas que tú, sino que se ocupaban de las cosas importantes en su momento.

Para el hombre y la mujer contemporáneos la realidad se ha construido de una manera totalmente diferente: Hemos incluido en nuestra lista de "necesidades" una cantidad impresionante de cosas, circunstancias y niveles, que para la gran mayoría resulta punto menos que imposible satisfacerlas todas.

Nuestra necesidad de validación nos hace desear constantemente las cosas y circunstancias que hagan que otros nos den el valor que creemos merecer pero que no sentimos recibir porque en realidad ni las cosas ni las circunstancias se dan para que eso suceda por lo que el único consuelo que nos queda es soñar que tenemos todo lo que deseamos tan desesperadamente y ese soñar es sin pegar pestaña.

Un poco de números:

De cada cien personas nacidas pobres, noventa y ocho morirán pobres. El dos por ciento restantes podrán escapar a su condición debido a talentos o circunstancias excepcionales.

Un poco de dosis de realidad:

Si alguien nace en una familia pobre, lo más probable es que sus padres no hayan logrado un nivel académico de licenciatura o ingeniería. Los números muestran que la vasta mayoría de pobres carecen de educación superior avanzada y en el peor de los casos, las personas en condición de pobreza no tienen por costumbre leer libros que reten su intelecto. Esto de por sí ya es un factor importante, pues al carecer de la visión que da la amplitud del conocimiento y el análisis del pensamiento crítico, hará difícil a los padres el educar a su hijo para desarrollarse en un nivel social superior. Al nacer en determinado estrato socioeconómico, las costumbres y etiquetas sociales serán las adecuadas para seguir perteneciendo a ese mismo estrato. La manera de hablar de una persona la identifica inmediatamente como miembro de cierto nivel social, y aunque puede haber un genuino esfuerzo por respetar etiquetas y formalismos sociales, siempre será evidente tu procedencia étnica, cultural o social. Por ello mismo es que el niño sin importar su condición al nacer crecerá con las costumbres de sus padres, la manera de hablar de sus amigos. Eso sin mencionar que a diferencia de los niños privilegiados que tienen actividades extracurriculares como natación, karate, danza, balé, piano, canto y otras cosas más, los niños que no cuentan con la posibilidad de atender ese tipo de clases, nutrirán su mente después de la escuela con la educación que proporciona la calle y la vagancia. Yo no recuerdo que ni yo ni mis amigos cogiéramos un libro que no fuera el obligado para la clase del día – eso sí, como nos divertíamos -.

Al haber sido yo criado por gente pobre – nací jodido - puedo decir lo siguiente con convicción: A los niños pobres no se nos inculca el amor por la lectura y las escuelas públicas donde asistimos, los maestros no son precisamente materiales de tratados académicos.

Los salones de clase están saturados y la calidad de la educación es solo la necesaria para adoctrinar a futuros obreros, ayudantes de albañil o en su mejor escenario, técnicos para el servicio de grandes empresas.

Es un hecho comprobado que la calidad de la educación o el nivel de aprovechamiento de los alumnos pobres no es la misma que la de alumnos de estratos económicos superiores. Recordemos que es un adoctrinamiento que, dependiendo el estatus social, está encaminado a producir futuros obreros, gerentes o empresarios según sea el caso.

Para que te des una idea de cómo la pobreza es un factor determinante en el nivel de educación que se alcanzará, te comparto las cifras comparativas en el país más rico del mundo, Estados Unidos. Estas cifras son proporcionadas por la Universidad de California, campus Davis en el año 2014 para la población en general y los pobres en un comparativo para adultos mayores de veinticinco años sin incluir en los resultados a graduados de universidades privadas o de la clase denominada como alta o rica:

	Sin preparatoria	Solo preparatoria	Carrera trunca	Licenciatura o mayor
Pobres	28%	35%	23%	14%
Toda la población	12%	29%	26%	33%

https://poverty.ucdavis.edu/faq/how-does-level-education-relate-poverty

Es fácil notar que los pobres tienen logros con mucho más deficientes cuando son comparados con la generalidad de la población, misma que aglutina al resto de las clases sociales, tales como clase media y clase media alta.

Si algún pobre logra obtener una licenciatura, hay factores en contra de él para encaminarse a los estratos sociales más altos. El primer factor consiste en lo general en que la universidad donde se diplomó es muy probable que haya sido una universidad pública que educó en su gran mayoría a personas con su misma extracción social. Incluso en las universidades públicas hay niveles en la aceptación de solicitudes de ingreso, por lo que, para ingresar a una universidad pública de prestigio, el aspirante deberá de tener puntuaciones muy altas para ser aceptado. La generalidad de los pobres que logran una licenciatura, la obtienen de universidades que no exigen altas calificaciones y por ende carecen del prestigio que pudiera asegurar la continuidad de educación superior o posiciones de trabajo "respetable". Hay universidades que lo único que exigen es el pago de inscripción y semestre. En todos los países occidentales podemos ver una infinidad de universidades privadas que ofrecen licenciaturas en cuotas accesibles, de modo que, si las calificamos con criterios en excelencia de su educación, diríamos que su único mérito es expedir hermosos títulos universitarios.

Otro factor en contra es la asociación académica. Es decir, la clase de compañeros que tenemos en la universidad y con los que habremos de formar una red de contactos con los que habremos de desarrollar nuestras carreras profesionales o iniciar emprendimientos una vez graduados. El problema es que la gran mayoría de graduados de universidades públicas y de extracción humilde aspiran a posiciones de trabajo relacionadas con su carrera, no de emprendimiento. En pocas palabras, si naciste pobre y llegas a tener un título universitario, a lo que aspirarás es a ser un ladrillo en la pared, pero con una posición algo más glorificada pues ahora la gente se dirigirá a ti anteponiendo un "licenciado" o "ingeniero".

El tercer factor y no menos importante, es la competitividad laboral a la que el recién graduado se enfrentará, pues al igual que él, hay miles de jóvenes con aspiraciones de ocupar algún puesto de trabajo. Al haber tanta mano de obra disponible, los sueldos a los que podrá acceder no serán de la clase que te impulsa hacia arriba en la escala social. Es por todos conocido que muchos profesionistas perciben un sueldo menor a los ingresos promedio de un trabajador de la construcción y que decir de muchos otros que terminan en actividades económicas nada prestigiosas para nuestra sociedad: Taxistas, choferes de Uber, taqueros o comerciantes en el sector informal.

En toda regla hay una excepción, y si recuerdas un dos por ciento de los que nacen pobres sí podrán escalar socialmente. El factor principal para hacer eso realidad está en las cualidades de ese dos por ciento. La generalidad de niños pobres no tiene la motivación que emana de padres exitosos. Al ver que sus padres apenas terminaron la educación básica, no sienten el peso que da el ejemplo. Por el contrario, los logros limitados de su familia les da el confort de que en realidad no se exigirá mucho de ellos. Al ver a su familia funcionar de alguna manera sin logros académicos les dibuja un futuro no tan complicado como lo representa el estudio constante para la obtención de buenas calificaciones. Aunado a eso está la conformación con el resto de sus pares. En las escuelas públicas los salones de clase suelen abarrotarse con más alumnos de los que un maestro puede atender y controlar. Tenemos a un grupo de hasta cincuenta niños los cuales tienen como única prioridad hacer desmadre y pasarla lo mejor que puedan. La generalidad de los grupos se auto dividen en dos partes: Los matados o nerds y aquellos que son los populares de la clase. La mayoría de los alumnos escoge el navegar el entorno escolar de la manera más fácil y simplemente se conforman con pasar materias para terminar con el ciclo que ansían ver finiquitado. Por eso es por lo que la gran mayoría de niños pobres no cruza los umbrales universitarios.

Hay una minoría que se revela ante la expectativa de vivir con las limitaciones que hasta ahora conocen. Lo hacen mediante estudiar. Hay personas que desde niños y a causa de la lotería genética, nacen con inteligencia fuera de lo ordinario, o simplemente con una determinación fuera de lo normal. Sea por inteligentes, por determinados o por la combinación de ambas cosas, que sobresalen de manera tan notable, que su gusto por aprender llama la atención de profesores. Ya en la educación media y a causa de notas extraordinarias, son beneficiados con becas en instituciones privadas. Algunos al terminar su carrera universitaria podrán aspirar a seguir tras posgrados. Ya en esa situación sus posibilidades de ingresos que hagan la diferencia han crecido substancialmente y eso sin contar que, a lo largo de su educación superior, los asociados académicos son jóvenes de clase alta, quienes al graduarse no esperan ser empleados, sino directores de las empresas familiares o en muchos casos empresarios con muchas ideas de emprendimiento.

Hay una clase aún más rara de niños pobres: Aquellos que simplemente les gusta leer y que tienen sensibilidad por actividades superiores tales como la música, el dibujo, la poesía y el arte en general. Son tan sobresalientes en sus talentos que eventualmente son notados y en su vida adulta escapan de la pobreza como resultado de sus habilidades extraordinarias.

El dos por ciento de pobres que saldrán de la pobreza no se vuelven fabulosamente adinerados, simplemente escapan de ese nivel social para luego pasar a la clase media o media alta. Claro que en comparación al nivel del que salieron, ahora son considerados ricos.

En el caso de los que nacen en familias adineradas, la probabilidad de morir ricos es la misma que la de los pobres: noventa y ocho por ciento. ¿A causa de qué? De los mismos factores que los del niño pobre, solo que los analices al revés volteado – lee los factores del niño pobre e invierte las circunstancias y tendrás las razones del porqué -.

Las estadísticas y la historia misma nos muestran que las clases sociales son círculos cerrados que se amplían con miembros de su mismo entorno. Las personas adineradas hacen todo lo posible por que sus hijos asistan a escuelas privadas donde asisten los hijos de sus socios, de las personas con las que hacen negocios y de aquellos que estando en el mismo nivel, producirán los futuros clientes o socios de sus propios hijos. Esos niños al crecer heredarán la empresa familiar y ¿con quién harán negocio? Con los niños con los que crecieron y ahora son sus amigos de toda la vida y que justamente han sido educados como ellos. Entre la gente rica existe una regla no escrita: Respetar y mantener el linaje.

Si tu naciste pobre y de alguna manera lograste terminar una carrera universitaria, es probable que aun así no logres que se te tome en cuenta para formar parte de algún circulo de negocios donde la mayoría son personas cuyas vacaciones eran constantes a lugares que tu aún sueñas conocer y ello sin mencionar que la gente que se considera la realeza de la Tierra tiene una manera de comer, de hablar, de pensar y de vestir que para tu mente sencilla es imposible replicar con el solo hecho de querer pertenecer a ese grupo de encumbrados.

Las personas acaudaladas tienen intereses que han sido establecidos y acrecentados a través de generaciones, por lo que el patrimonio familiar es algo que debe de cuidarse celosamente. Los matrimonios son por regla general, celebrados entre familias más que entre una pareja ya que la unión de dos personas significa la eventual fusión de los patrimonios y si tu fueras rico, no te gustaría que tu hermosa hija a quien educaste "exquisitamente" comparta la riqueza de tu familia con un mugroso que no aportará nada al cofre de tus tesoros y que además traerá a la fiesta de boda a un montón de "nacos" que le robará el lustre a un evento que debiera de ser la nota principal de la sección de sociales.

La televisión con su idiotizar constante de las masas, les ha vendido a millones de personas la idea de que una muchacha pobre, pero bonita, puede llegar a ser la consorte de un hombre interesante, atractivo y fabulosamente rico. También hay historias donde hombres pobres, pero muy atractivos llegan a la cima al casarse con una princesa que sucumbió a sus encantos fuera de serie.

No solo la televisión, sino que el internet también ha contribuido a que las clases más vulnerables se crean el cuento que una simple idea puede hacerlos fabulosamente ricos. Eso sin mencionar que les hacen creer que por hacer elaborados videos cortos pueden aspirar a grandes fortunas. Tristemente muchas mujeres se han mostrado como simples objetos de deseo con la idea que sus seguidores les han de proporcionar grandes fortunas.

Esto por supuesto, estimula aún más la deserción de miles de jóvenes que ya no ven en los estudios universitarios un escape a su pobreza por dos razones: El esfuerzo enorme que envuelve llevar a término sus estudios y el observar que los de su estrato que han logrado graduarse, siguen viviendo igual que ellos, con la diferencia que ahora viven en un vecindario diferente siendo empleados tal cómo otros que ni siquiera terminaron la educación básica.

Dado a que la realidad se nos muestra cruda, podemos agradecer que nuestro instinto de supervivencia no permita que dejemos de amar la vida a pesar de que nuestro futuro se dibuja como una miseria constante – solo si te tragaste el cuento de los sueños -.

Para muchas personas el escape de su realidad es mediante inventarse una posibilidad alterna que de consuelo a sus tristes expectativas o a su inconformidad con la vida. Ello lo logran mediante imaginarse en otro contexto de vida, donde cualquier cosa que deseen puede ser poseída. Para lograr eso simplemente necesitan una buena imaginación y robarles tiempo a sus quehaceres para soñar despiertos.

Hay que aceptar algo de entrada: Naciste jodido y jodido te vas a morir. Esto lo entienden unos pocos y se ocupan por gestionar su vida de una manera que pueden ser genuinamente felices a pesar de sus limitaciones, pero la vasta mayoría sufre su realidad amargamente buscando una salida alternativa.

La ilusión de una vida mejor llena de satisfactores materiales y el poder que da el dinero es abundante en nuestra niñez y hasta nuestra adolescencia, donde la realidad empieza a caer sobre nosotros como cubo de agua fría. Entonces empezamos a reconocer que todos esos sueños por cumplir han de quedar relegados y dejados en el pasado. Ese desencantamiento provoca en muchos el deseo de un escape a través del dinero fácil, de ese que no importa de donde venga, mientras llegue. Está demás abundar en el hecho que esos jóvenes terminarán en alguna prisión dejando allí sus mejores años o simplemente en una brecha con la única suerte de poder ser enterrados por su familia, muchos simplemente desaparecen.

Otros se entregan a la vagancia o las adicciones

Afortunadamente, la gran mayoría de personas de estratos vulnerables encuentran consuelo de otro modo: La manera de enfrentarnos con la verdad de nuestro destino es pintando un escenario en el que la vida transcurre de una manera tan ideal como alcance a nuestra imaginación, pero que se va desdibujando con las constantes dificultades que afrontamos. No queremos reconocer que hemos sido colocados en una pared como ladrillo y que nuestra función es simplemente realizar trabajos o procesos de manera mecánica y que nuestro propio tiempo es irrelevante para aquellos que nos usan y que han puesto una zanahoria como al burro, con una vara y cuerda delante de nosotros para hacernos andar sin saber que el propósito es que andes y que nunca alcances tu objeto de deseo.

La zanahoria que es puesta delante de nosotros es precisamente eso: Tus sueños.

Te han convencido de que puedes ser todo aquello que quieres ser, que no hay límites si te atreves a soñar y que son precisamente los sueños los que definen la grandeza de tu destino. Pero no solo te han dañado con esas expectativas, sino te has creído que, si pones suficiente energía en tus sueños y los visualizas como eventos realizados, el universo conspirará para que los veas realizados. Ya en este punto estas en serios problemas.

Todas las personas tenemos una serie de talentos innatos, inclinaciones a desarrollar habilidades únicas sea en un grado u otro. Hay quienes gustan de cantar, pero lo mejor que lograrán cantando es divertirse en un karaoke. Hay otros que cantando hermosamente pudieran aspirar a ser parte de un coro. Pero, si te pones a pensar, son muy pocos los que con solo cantar provocan un cúmulo de emociones. Así como el caso del canto, también es el caso del pensamiento crítico, de la capacidad de cuestionar, de ver más allá de las fronteras de la realidad que nos venden. Somos muchos los que pensamos, hay otros que saben pensar más, pero hay personas cuyos pensamientos sobrepasan los límites que han creado quienes nos quieren controlar y abren puertas que ya nadie puede cerrar, ocasionando con sus observaciones que muchos despierten y empiecen a cuestionar lo que los chamanes no quieren que sea cuestionado. Los amos de este sistema de cosas conocen el peligro de que la gente piense por sí misma.

Si tienes un grupo de personas que quieres controlar, lo primero que debes hacer es alejarlos de su esencia, de su capacidad de cuestionar y confrontar. ¿Y cómo logras eso? Eso se logra con DISTRACCIÓN.

Un ejemplo pendejo: Cuando era niño, ir a la tienda a comprar una golosina era un proceso sencillo, pues según recuerdo, solo se vendían tres o cuatro tipos de botana tal como papas fritas y otros cuatro diferentes tipos de pastelillos. Encontrabas un número limitado de dulces, chicles o bombones. Era muy fácil decidir qué era lo que comprarías. En estos tiempos, si entras a una tienda de conveniencia, encontrarás incontables variedades de todo, desde botanas, dulces, chocolates, chicles además de un sinnúmero de bebidas. Puedes ver en los pasillos a personas que van de un lado a otro sin decidir que comprar incluidos tú y Yours Truly.

En este ejemplo vemos como la inmensa variedad de cosas a escoger en lugar de darnos un sentido de bienestar, nos apendeja y termina por desmotivarnos. Del mismo modo, se nos distrae con una infinidad de cosas que lo que logran es que nos olvidemos de nuestro objetivo primordial: Sobrevivir y perpetuar la vida. He visto muchas personas que entran a la tienda por un producto y salen con muchos más.

Aquellos a quienes les interesa mantenernos en nuestro lugar como ladrillos o engranes, les ha funcionado por generaciones el estar creando fabulas, ideas, conceptos y creencias que nos aten y nos mantengan distraídos, especialmente a aquellos que tienen capacidades sobresalientes de análisis y cuestionamiento.

¿Cómo lo lograron? Creando la ilusión de que todo aquello que deseas puede ser posible. Que tus ilusiones en forma de sueños se pueden realizar si los alimentas con tus fantasías. Para mí lo interesante es ver que entre más la humanidad avanza como civilización, más "sueños" son creados para ser perseguidos. Piensa: hasta hace doscientos años las ocupaciones, carreras profesionales y cosas que tener no eran tan variadas como lo son ahora, por lo que las personas en general no tenían tantas opciones a las cuales perseguir o desear. La ilusión de ver cristalizados los deseos siempre ha existido, pues es un motor inherente en las motivaciones, pero de desear ver hecha realidad una meta plausible, a estar viviendo una vida paralela pretendiendo ser o tener hay una gran diferencia. Las metas posibles son necesarias y desear vehementemente el cumplirlas es en ocasiones hermoso, como el que desea casarse y espera llegue la fecha de la boda. Pero ponernos en una realidad inventada es solo el síntoma que nuestros valores están distorsionados.

El problema que muchos afrontamos es diferenciar de las metas naturales de la vida con esa exageración de objetivos imposibles. La naturaleza nos enseña al observarla, que todos los seres vivos simplemente viven sin más objetivo que sobrevivir y verse perpetuados en su descendencia. No se complican la vida con espejismos que les quiten el gozo de disfrutar sus circunstancias del día.

Cuando las personas tienen sueños que perseguir, se encuentran con la constante de que dichos sueños no se realizan, causando una frustración que, en lugar de hacerlos reaccionar, los mantiene en un estado de insatisfacción que quieren eliminar perpetuando su constante persecución para alcanzar su espejismo personal.

Aquí ya necesitamos hacer la diferenciación entre los dos tipos de sueños que nos preocupan: En primer lugar, aquellos que nacen de la insatisfacción de nuestra realidad y que alimentados por nuestra imaginación crean situaciones fantasiosas donde nosotros somos protagonistas en una realidad paralela que se acomoda a todo tipo de pretensión pendeja que tengamos. Nos vemos millonarios, exitosos y en ocasiones con el poder para cambiar vidas.

En segundo lugar, tenemos los sueños que se disfrazan de metas alcanzables, y que nos hacen pensar que cualquier fantasía de realización es posible.

El primer tipo, soñar despierto, se genera en nuestra mente y es producto de nuestra propia anacronía y los únicos que las manipulan son nuestra mente y nuestras deficiencias emocionales.

El segundo tipo de sueño, las metas inalcanzables, son originadas en el adoctrinamiento a través de los medios, de la escuela y de las redes sociales.

Lo que quiero decir con lo anterior, es que más que idealizar nuestro futuro, nos centremos en entender que tal vez de inicio, el concepto que tenemos de esta realidad y su éxito son totalmente imprácticos, pues han sido producto de un adoctrinamiento con la finalidad de acotar nuestras verdaderas libertades. Los sueños, ilusiones de éxito son en realidad los grilletes que nos impiden tomar nuestros propios rumbos y que, con el objetivo de cumplirlos, hacemos lo que se nos dice hagamos.

No importa lo talentoso, inteligente o hábil que seas, si no tienes un rumbo definido, no llegarás a ningún lugar. Al distraerte con metas superfluas y con sueños inalcanzables, se logra que no te enfoques en lo más importante de tu vida: Tu presente con las cosas que sí tienes. No enfocas tu energía en tu estado ideal que posiblemente tienes pero que desconoces por estar de bobo.

Debemos aprender a ponernos metas a un plazo muy corto, metas posibles que contribuyan a nuestro bienestar físico, mental y espiritual. He de reconocer que las metas económicas son el cáncer de nuestra realidad, pero que la búsqueda de valores humanos fundamentales es lo que traerá el verdadero tesoro que nos hará personas más completas, más tranquilas y felices.

El único tipo de sueño que escapa a nuestro control es ese que nos sobreviene cuando dormimos. En ese sé quién quieras ser y si puedes hasta vuela.

Pero en este plano de tu realidad te será más beneficioso dejar los sueños donde pertenecen. Fortalece tu esencia y olvídate de soñar y empieza a disfrutar viviendo tu realidad.

CAPÍTULO X
SOLO LOS ESTÚPIDOS TIENEN RAZÓN

Un hombre manejaba su automóvil por la carretera respetando todos los señalamientos y reglamentos de tránsito. Eventualmente se dirigió a la salida que le correspondía y pudo ver en la distancia que el camino de salida llegaba a una intersección controlada por un semáforo que se mostraba en "siga" para él. Pudo ver en la distancia como un vehículo al que correspondía respetar la luz roja circulaba con gran velocidad con la aparente obviedad de que no se detendría. El hombre tenía una perspectiva que le permitía con claridad anticipar que de continuar y proseguir a cruzar esa intersección la colisión sería inevitable. Sin embargo, expresó en voz alta: "Ese imbécil no se va a detener y lo más seguro es que golpeará el carro, pero no hay problema, hay cámaras por doquier y en ellas se mostrará quien tendrá la culpa, no batallaremos para hacerle pagar". La esposa, que le acompañaba junto a sus hijos lo miró horrorizada ante tanta estupidez, le obligó a frenar.

Cierto es que ese conductor tenía razón desde su propio punto de vista, y no podemos dudar que, de haber colisionado, las compañías de seguros habrían de pagar los daños.

A estas alturas ya debes de estar pensando que lo que no anticipó ese conductor es que en el accidente pudieran haber resultado heridos tanto él, su esposa y los dos niños que viajaban en el asiento trasero. Tenía todos los elementos para probar que tenía la razón, pero ¿De verdad la tenía? Para la mayoría es probable que sí, aunque en términos de lógica y razón, pudiéramos concluir que no. Este ejemplo representa la manera como millones de personas pensamos hoy día, y como funcionamos en la manera de hacer negocios y tratar a otras personas, pues en la constante de estar negociando diferentes aspectos de la vida lo que deseamos es salir triunfantes de cualesquiera situaciones que afrontemos.

Ese salir "triunfantes" y salirse con la suya tiene que ver más con el EGO, que es quien se alimenta de los "éxitos" que alcanzamos en el muy corto plazo pero que el tiempo muestra en las consecuencias de ello, que nos hubiera resultado mejor no haber tenido la razón.
Este ego es la distorsión de mecanismos naturales que tienen como objetivo nuestra supervivencia, pero que al ser torcido por el adoctrinamiento se manifiesta de manera aumentada. El ego es la percepción del "yo" glorificada.

Permíteme abundar:

Observando de cerca la conducta en otras especies, podremos observar varias similitudes con la manera como nosotros nos comportamos como conjunto. Los chimpancés, por ejemplo, son la especie más parecida a nosotros, ya que tienen un orden social, jerarquías y su manera de socializar es parecida a la nuestra con una forma de fusión-fisión que les permite tanto disfrutar del compañerismo como el placer de la solitud. Cuando interactúan con sus pares lo hacen por lo general en armonía, misma que se rompe solo cuando uno de tres factores entra en juego: La hembra, el alimento y el territorio o zona de acción.

El chimpancé macho tiene como el más grande de sus motivaciones el conseguir para sí los favores de las hembras, así que hará todo lo posible por tenerlos, desde competir con sus pares hasta mostrar los más violentos despliegues para amedrentar tanto a su competencia como a las hembras, mismas a las que una vez ha mostrado su superioridad con relación a los demás, tomará las que quiera del grupo a fuerza de golpearlas y luego violarlas. En algunas ocasiones las hembras voluntariamente se someten sexualmente al macho dominante, ya que instintivamente buscan en ello mejor material genético para reproducirse.

En relación con el alimento la dinámica es la misma: Los machos dominantes siempre tendrán la mejor posibilidad de alimentarse, pues si el alimento es abundante, escogerán lo mejor para sí, y si es escaso, está de más decir que será para ellos y para quien ellos decidan, siendo en la mayoría de los casos para sus hembras y sus crías. Entre los chimpancés el orden jerárquico es muy importante y entre ellos se manifiesta la división incluso por estatus, de modo que, en su entorno, las mejores posiciones donde descansar las ocuparán en pequeños grupos de manera descendente, estando en la mejor el macho dominante seguido por los grupos en orden de importancia.

Las especies en lo general son territoriales pues la importancia de donde desempeñarse es crucial cuando se trata de vivir y sobrevivir. Todos los seres vivos necesitan un campo de acción para gestionar el alimento y la seguridad para sí mismos y sus crías. En ese campo de acción no solo buscarán el alimento, sino en la familiaridad de su entorno podrán tener de manera instintiva tácticas de supervivencia. No es posible para ninguna especie el sobrevivir si el entorno donde se desenvuelve le es extraño por mucho tiempo, por ello, su mecanismo genético de arraigo hará que los individuos aseguren para sí aquellos territorios o entornos que les proporcionan el confort necesario para sustentarse.

Las discusiones o conflictos siempre tienen un ganador, y en la naturaleza el ganador siempre es el más fuerte o apto.

Tomando en cuenta las tres necesidades fundamentales de los chimpancés, reconocemos que nosotros no somos nada diferentes a ellos, pues a pesar de ser capaces como especie de ir y venir a la luna, toda la gloria de nuestro conocimiento se reduce en que al final del día necesitamos alimento para sustentarnos, refugio para subsistir y una contraparte biológica para reproducirnos.

Como parte de nuestro mecanismo genético de validación, necesitamos tener la convicción inconsciente de que nuestra existencia está justificada, y que el espacio que ocupamos en el ecosistema está siendo usado por alguien que tiene un derecho natural de estar allí. De no tener este mecanismo, todas las especies dejarían de tener razón de ser, al no poder tener la justificación de existir en sí. Dicho de otra manera, necesitamos creer que somos merecedores de existir, ya que conscientemente entendemos que todas las cosas que necesitamos y obtenemos requieren un esfuerzo a fin de conseguirlas y la vida misma es un regalo de la naturaleza que tenemos por qué sí, pues no hicimos nada para merecerlo, y en esa justicia inconsciente, necesitamos al menos sentir que el derecho de existir sí lo tenemos.

Esta validación no solo nos da la certeza de que estar aquí es nuestro derecho, sino que nos da el apalancamiento de un valor superior relacionado con los demás. Esto hace que los individuos, desde insectos hasta mamíferos, crean que su propia vida es la que debe de subsistir sobre la de sus pares. De allí que no importa que tan bien se lleven dos de la misma especie, si de pronto solo hay alimento para uno de los dos, los amigos se tornaran rivales y terminarán en duelo por alimentar su preciado ser. En los humanos vivimos ese dilema en todos los aspectos de la vida. Basta ver cuando un barco se hunde. La civilidad y la caballerosidad dan paso a la desesperación y los individuos hacen lo que tengan que hacer para salvar su vida, considerando inconscientemente que su existencia tiene más razón de ser que aquellos que empujan violentamente en su camino a los botes salvavidas. Todavía está fresco el recuerdo de un capitán de crucero, que, en lugar de gestionar la salvaguarda de sus pasajeros, estuvo entre los primeros en abandonar la nave que zozobraba– El Costa Concordia -.

Si después de haber dejado a tras a otros con la finalidad de asegurar nuestra propia supervivencia no nos sentimos mal, es porque precisamente es la manera como estamos construidos a nivel genético. La diferencia entre nosotros y las demás especies, es que, al haber desarrollado una inteligencia cognitiva, tenemos el peso de la moral adquirida, misma que pone en tela de juicio lo que hicimos, aun cuando era lo que la naturaleza nos ha enseñado a hacer.

Los humanos, a diferencia de las demás especies, hemos desarrollado toda una gama de diferentes valores que nos hace actuar de una manera muy diferente a los chimpancés al permitir que esos valores tengan fuerza suficiente para reprimir nuestros impulsos y reacciones "primitivas". A ese conjunto de valores se le llama humanismo y aunque tiene varias corrientes, en conjunto postulan la capacidad del ser humano de generar conceptos reguladores como la ética, la bondad, la empatía y el amor natural, mismos que son los fundamentos de la civilidad secular, es decir, la moral derivada de la razón, la lógica y la ciencia y que muestra que el ser humano puede ser altruista y socialmente responsable.

Cuando observamos a grupos de gorilas, entendemos que siempre hay un macho alfa, alguien que ha establecido su superioridad jerárquica y, por ende, nadie cuestiona su posición mientras sea evidente que el día de hoy es tan fuerte como el día de ayer. Los humanos por otra parte hemos acuñado un concepto similar al entender que nadie es muy listo si se pone con Sansón a las patadas. Todos tenemos la capacidad de entender que, si alguien es más fuerte que nosotros, ni nuestros genes ni nuestra desesperación por vivir nos harán ponernos al tú por tú con ese alguien. Lo anterior significa que, a pesar de nuestro deseo de vivir, si de repente nos vemos en la necesidad de discutir con alguien más fuerte que nosotros, la mayoría de las veces simplemente nos retiramos, así como los gorilas más débiles le dan la vuelta al macho alfa. El evitar la confrontación en aras de mantener nuestra integridad física o nuestra vida es parte de nuestros mecanismos genéticos de supervivencia, por ello el que alguien rehúya una situación donde se percibe en desventaja, no debe de considerarse cobardía, sino un simple reflejo de nuestra esencia. Aquellos que se sobreponen a sus miedos naturales son notables y les llamamos valientes, pero considero que por lo regular los valientes surgen cuando las circunstancias lo exigen. Las especies en la naturaleza lo entienden de manera instintiva, pues el confrontar a alguien más fuerte será de facto un desastre sino es que la perdida de la vida.

Desde niños hemos sido adoctrinados con una serie de ideologías que nos obligan a justificar no solo nuestra existencia, sino darle una glorificación extra mediante agregar conceptos que solo inflan una percepción personal, ese "yo" exacerbado es el EGO. Este empieza su desarrollo cuando algunos de nuestros logros de pequeños son algo más notables que los demás y empezamos a creer que somos especiales y a medida que vamos creciendo, vamos cultivando cualidades que refuerzan nuestra teoría de que somos cosa aparte y eventualmente, consideramos que nuestra existencia está más justificada que la de aquellos que pensamos no tienen más remedio que admirarnos. Por lo anterior pudiéramos concluir que la suma de nuestro mecanismo genético de justificación y el ego, dan como resultado la petulancia que hace de nosotros el poderoso guerrero de la razón. El campeón que ha de postular la verdad y la iluminación de la vida aun cuando esa verdad e iluminación sean el espejismo de nuestra mente torcida y extraviada.

Ampliemos un poco más.

Ya hemos disertado acerca de las razones por las que las especies tienen esa necesidad de "tener la razón", es decir, salirse con la suya, pues en conclusión entendemos que ese "salirse con la suya" significa comer, tener donde vivir y una contraparte con quien reproducirse.

Cuando hablamos de los humanos, las cosas van un poco más allá, pues hemos desarrollado una infinidad de etiquetas y de conceptos que hace que nuestra gestión de la vida más complicada que la de aquellos que no han sido arrancados de la naturaleza. Nuestra vida diaria se compone de muchos elementos adicionales que tenemos que negociar desde que iniciamos nuestras actividades del día hasta el momento en el que vamos a dormir. A diferencia de nuestros antepasados de hace más de diez mil años que rara vez se topaban con alguien ajeno a su tribu o familia, nosotros en el momento que ponemos pie fuera de casa, nos vemos obligados a negociar con otros en diferentes niveles e intensidades. Sea que nos desplacemos mediante el transporte público o en automóvil particular, nuestro dilema todos los días es llegar a cierta hora a nuestro trabajo o citas. Por ello es por lo que vamos "desplazando" a los demás para poder nosotros tener una vía libre que nos permita llegar a tiempo a nuestras actividades. Es como si de alguna manera creyéramos que nuestra prioridad de llegar es más crítica que la de los demás.

Podemos ver vehículos ir detrás de una ambulancia, agradecidos inconscientemente que alguien salga herido para que ellos puedan desplazarse en el tráfico y eso sin mencionar que las normas de tránsito son continuamente ignoradas y los peatones considerados ciudadanos de segunda al hacernos de la vista gorda cuando cruzamos los señalamientos o "cebras" por la prisa que creemos tener De esa manera mostramos que la importancia de nuestras prioridades esta por sobre la de los demás.

Lo anterior es solo un ejemplo ya que podemos ver la infinidad de situaciones en las que defendemos nuestra posición o el derecho que creemos tener. El estar constantemente en contacto con otros hace que por naturaleza estemos en un continuo estado de defensión. Esa predisposición por querer sobrevivir o sobresalir originado en ese mecanismo genético en dónde justificamos nuestro derecho a persistir en lugar de los demás. Volvemos a reconocer que este es un mecanismo natural y por tanto aquel que lo ejerza no debe de ser considerado menos que los demás pues simplemente está actuando cómo está construido de acuerdo con sus propias experiencias, su cultura, y la guía que recibió desde su infancia.

No creo que exista un sólo ser humano ni en la prehistoria ni en este tiempo que premeditadamente desee ser miserable o infeliz, sino por el contrario, el deseo natural de todo ser vivo es vivir la vida de manera pacífica y en la tranquilidad que da el aseguramiento de la supervivencia. Entonces surge la cuestión de preguntarnos: ¿Por qué actuamos contra nuestro deseo natural? Por la misma razón que nos encontramos automóviles varados en la carretera: los conductores o no cuentan con conocimientos de mecánica, herramientas o refacciones. Podemos asegurar que nadie desea quedar tirado en la carretera. Del mismo modo, nosotros gestionamos nuestras relaciones deseando hacerlo de modo que no nos robe la paz, pero de alguna manera nos sentimos varados en un estado de desesperanza porque simplemente no sabemos cómo manejar nuestras interacciones, pero más importante aún, no reconocemos que nuestro ego es quien nos impulsa a estar en una lucha constante con aquellos de los cuáles pudiéramos derivar los mejores momentos del día, pero que al estar confrontando son fuente de irritaciones innecesarias.

Tener la razón es muy importante cuando se trata de temas que tienen que ver con impactos reales en nuestra vida. Si tenemos dos opiniones médicas opuestas relacionadas con nuestra salud, es natural no solo desear, sino exigir que esos dos médicos se sienten a hacer un análisis que considere todos los ángulos de nuestro problema para que se establezca la verdad de nuestra situación y de esa manera se establezca el mejor tratamiento posible.

Por otro lado, hay temas tan irrelevantes que el punto de vista o valoración de tales no representa un valor crítico en ninguna medida para nuestra situación en la vida. De manera que, si ponemos las cosas en una perspectiva realista, es muy probable que dejemos de lado esos temas y atendamos cuestiones que si tienen relevancia en nuestra vida. Creo que en esto último todos estamos de acuerdo, pero a la hora de aplicar lo anterior hay un factor que en la práctica hace casi imposible asimilarlo: El adoctrinamiento.

Hemos establecido en capítulos anteriores que LA DISTRACCIÓN es la mejor herramienta que los amos de este sistema de cosas han estado usando. Cuando nos mantenemos absortos con temas de cualquier índole, saturamos la capacidad de nuestra mente al punto donde ya no tiene el "RAM" para atender otros aspectos que pudieran tener más importancia. Por ello es por lo que, si alguien necesita elevarse con el control de un grupo, este control solo se podrá ejercer a través de un grado de autoridad. Una vez que ese alguien ha legitimado esa autoridad, no desea la atención constante y por tanto el cuestionamiento del grupo a su valía como entes que se enseñorean de la voluntad de ese grupo. El liderazgo de muchos ha sido socavado una vez que su gestión es puesta bajo la lupa. Entonces, ¿de qué manera van a evitar esa atención? La respuesta es sencilla: Manteniendo al grupo ocupado con ideas, situaciones y confrontaciones entre sí. Esto último logra que los individuos indoctrinados se alineen primeramente con su grupo étnico, cultural, luego con aquellos con los que son afines a sus gustos en términos de apreciaciones deportivas, sus inclinaciones políticas y diversas corrientes de pensamiento que tengan. Así pueden pasar décadas y los que están en control pueden seguir planeando mejores maneras de manipular. No es de extrañar que sean los poderosos los mismos que generen las polémicas que habrán de mantener ocupados a los ladrillos de la pared.

Si deseamos poner atención a las cosas que determinan nuestra situación en la vida, necesitamos desechar de nuestra mente las ideologías que nos contrapuntean con los demás y reemplazarlas con los valores que acentúan nuestro bienestar.

Lo anterior es tal vez uno de los retos más difíciles que

enfrentaremos pues el identificar esas ideologías es de por sí muy complicado. Deseamos vivir plenamente de ya, aquí y ahora, pero el adoctrinamiento hace difícil para la gran mayoría poder hacerlo de manera inmediata, así que tenemos que crear un atajo para que a pesar de adoctrinamiento, sí sea posible cultivar esa plenitud de inmediato, y mientras vamos localizando esos "tumores" de nuestra esencia, podamos cosechar más y mejores momentos y en el cumulo de ellos, construir una rutina que refleje un estado de satisfacción con la vida y llegue el momento que extirpemos de tajo los adoctrinamientos que ya para entonces tendremos plenamente identificados.
El atajo es: Domar el EGO.

Controlar esa necesidad constante de dar valía a nuestra existencia. De demostrar a los demás que contamos con cualidades y conocimientos que nos hacen ser entes importantes.

Cuando somos pequeños requerimos el reforzamiento emocional a fin de desarrollar un entendimiento y control de nuestras reacciones, de nuestros sentimientos y de nuestros valores como seres humanos. Si desde pequeños aprendemos a gestionar nuestras emociones, la percepción de nosotros mismos nos dará la seguridad de transitar por la vida con menos conflictos internos. El ego se desarrollará como consecuencia del adoctrinamiento, pero su manifestación será más "moderada" que la de aquellos que lo dejaron crecer descontroladamente por carecer de una fortaleza emocional.

Sin importar el tamaño del ego que tengamos, si aprendemos a controlar su manifestación, eventualmente perderá su poder cotidiano en nosotros. Su manifestación será esporádica y en momentos donde tal vez, sea necesario.

Piensa:

- ¿Cuál crees que es el mejor deporte? Y de ese deporte, ¿Cuál equipo o cual jugador es el mejor?
- De los partidos políticos ¿Cuál tiene las mejores propuestas de cambio?
- De las ideologías políticas existentes en tu país ¿Cuál sería la más adecuada para resolver los problemas sociales actuales

de tu comunidad?

- El actual presidente de tu país ¿Es efectivo en sus políticas para el adelantamiento de los intereses comunes?
- ¿Cuál es el mejor automóvil que se ha fabricado?
- ¿Existe alguna divinidad que haya creado la inmensidad del universo?
- ¿Cuál es la religión aprobada por esa divinidad?

El grado de asertividad en las respuestas a estas preguntas es importante en la medida en la que las cuestiones envueltas te afecten directamente, es decir, si de su respuesta depende si tendrás cubiertas las tres necesidades primordiales arriba mencionadas. Está por otro lado el factor del alcance en el tiempo de dichas cuestiones, pues mientras tener la razón en el corto plazo no pudiera ser de ningún significado en la distancia del tiempo, dado que, por ejemplo, el asertividad de un presidente, la relevancia de una ideología política o social solo muestra su resultado después. Diciendo lo anterior de otra manera: Los deportes, las ideologías en incluso los presidentes, requieren una medida de tiempo para probar sus resultados.

Es común ver personas discutir sobre deportes y política, como si el tener la razón en su evaluación personal tuviera una influencia inmediata en su vida personal.

Exponer nuestros puntos de vista de manera inteligente y estructurada es esencial para la apropiada discusión de diversos temas, con la finalidad del cuestionamiento de las ideas, su análisis y posterior enriquecimiento del conocimiento. La banalidad de las discusiones se mide en la importancia del tema en nutra vida, de manera inmediata. Los conocimientos deben ser cuestionados para poder desarrollarse, crecer. Al igual que el conocimiento, están los aspectos del derecho legal de cada individuo, ya que indudablemente sí se tienen que confrontar las personas cuando alguien siente que sus derechos están siendo cuestionados.

La salud, el conocimiento y el derecho legal, son tres cosas en las que la discusión es natural y necesaria para nuestro bienestar en lo general.

Considera el siguiente ejemplo:

Un ateo se despedía de su envejecida abuela. La anciana acertó en la despedida a decirle con cariño: "Que te valla bien, hijo, y que dios te bendiga". La respuesta del nieto fue contundente: "Gracias abuela por tus deseos, aunque ya te he dicho que no creo en dios, ¿verdad? Y que cómo me vaya es el resultado de muchos factores relacionados con....bla, bla, bla, bla". Aquí no importa saber si el joven tuviera razón o no, sino que su ego no le permitió tener la verdadera INTELIGENCIA de corresponder al cariño de la expresión de su abuela con un simple "Gracias abuelita".
De igual manera, nosotros nos embebemos en salir con éxito de discusiones, pasando por alto la maravillosa expectativa de un momento agradable en compañía de nuestros amigos, familia y compañeros de trabajo, y de ir gestionando nuestro día de tal manera que los momentos desagradables se hagan más escasos.

Restringir nuestro ego al punto de silenciarlo nos permitirá dar la razón a los demás sin detenernos a considerar el que la tengan o no, especialmente si la situación en la que nos encontramos es de convivencia casual, de reunión social o de esparcimiento. Ya que siempre que converjamos con cualquier humano, la necesidad de alguien de expresar opiniones en diferentes temas hará que surjan esas pequeñas discusiones que luego se transforman en titánicas luchas de egos.

Hacer de lado las opiniones para ceder la razón es un gran esfuerzo en un inicio, pero a medida que reconoces los beneficios en tardes más amenas, momentos con menos irritaciones y amigos ganados, apreciarás tu reconocimiento de que tiene mayor relevancia la tranquilidad de quien no discute, que el reconocimiento de los demás a costa de perder amistades y pasar momentos amargos.

Por otro lado, las discusiones divertidas, esas que tienen el dulce veneno de la ironía y que les dan sabor a las tardes con los a amigos, tienen un lugar preponderante en nuestra manera de convivir. La clave está en las etiquetas que hemos asignado a las personas que amamos, así que la clave está en saber dónde y con quien habremos de discutir alegremente y donde no.

Lo anterior nos hace determinar que el control de nuestro ego debe de estar presente en todo momento en nuestra vida, pero que la manera como hemos de expresar, refrenar, modular o suprimir nuestras opiniones dependerá siempre del grupo o persona con la que nos encontramos. Indudablemente también dependerá de la importancia de la controversia a dilucidar.

La muestra constante de empatía nos permitirá evaluar si tener razón en nuestra opinión vale le pena o no. Como ya mencionamos, reconocer la verdadera importancia de la cuestión que discutimos en relación con nuestro alimento, campo de acción y nuestra supervivencia nos permitirá determinar si ceder el paso, ser cortes, e incluso dar la razón con nuestro silencio o expresión conciliadora, es la mejor manera de pasar el rato.

Es tan grande la vastedad del conocimiento y son tan variados los niveles de educación académica que la gente tiene, que en muchos casos te encontrarás frente a personas con conocimientos más limitados que tú y viceversa. Aquel que tiene la ventaja de un argumento más amplio y que cede la razón a su contraparte, hace evidente que la persona es más importante. Es muy probable que quien sea así, ganará más simpatías que el petulante que lo sabe todo.

Cuando una anciana alcanzó los cien años, fue entrevistada por un periódico local, y a la pregunta del reportero de que cuál era el secreto de su longevidad, la anciana respondió: "No discuto con nadie" a lo que el reportero contestó: - "yo creo que tiene que ser otra cosa" y la anciana simplemente dijo: - "Si, yo creo que ha de ser otra cosa".

Un matrimonio celebraba su aniversario número setenta y cinco. Cuando se le preguntó al novio cual era el factor determinante para que permanecieran juntos, el respondió: "Los resfriados", Intrigado quien preguntaba volvió a inquirir: "¿Cómo es eso y que tiene que ver una cosa con otra? A lo que el hombre contestó: "Cada vez que habría una discusión, salía a caminar un buen rato".

No hay una clave específica para vivir muchos años, y tampoco para perpetuar nuestras relaciones, pero seguramente tiene que ver con la tranquilidad de nuestros momentos, de la calidad de nuestras relaciones y del control de nuestro ego. Si, por otra parte, consideramos que nuestra inteligencia y valor de lo que tenemos que decir es más importante, entonces cederemos a nuestra razón y mostraremos a todos la belleza de nuestros argumentos, aunque cada vez que salgamos triunfantes de una situación nos recordemos a nosotros mismos en medio de la amargura que dejan los momentos incomodos: Solo los estúpidos tienen la razón… todo el tiempo.

ACERCA DEL AUTOR

No hay mucho que decir de mí. Salvo que soy nacido en la Perla Tapatía, tierra de mariachis y tortas ahogadas. Disfruté de mis primeros años entre capitalinos, costeños, sureños y norteños, dado a mi espíritu aventurero, mi pata de perro y a incontables escapes de la tutela de mis padres. Tuve la fortuna de conocer una variedad de gentes, comidas, lugares. Todo ello con su respectiva dosis de problemas, sustos y aventuras. Educado por los hijos de Juárez, de Washington y de vez en cuando por los hijos de la calle.

He sido hijo, padre y muy raras veces hermano. De familia numerosa, de las de antes, pero de distancias lejanas, como tantos que se van al norte. Observador de la vida, discípulo de algunos dioses y apóstata de todos. ¿Educación académica? ¿Títulos, maestrías o doctorados? Irrelevantes como inexistentes y de haberlos, ¿Realmente importan? Cuando muera, si es que muero, seré recordado por muchas cosas, menos por logros académicos. Seré el tío, el padre y el amigo, el amante sin olvido y aquel que tal vez nunca sea olvidado. Que espero de verdad, sea tema en tardes cafeteras y risas de largas borracheras, de cuentos cortos, serios, a veces graciosos y a veces exagerados.

Made in the USA
Columbia, SC
05 October 2022

68320374R10080